冬うどん

料理人季蔵捕物控

和田はつ子

時代小説文庫

角川春樹事務所

目次

第一話　冬うどん

一

　昼日中、陽《ひ》の射さない空模様が続いて、そっと小雪の散らつく日が珍しくなくなると、江戸の師走《しわす》が訪れる。

　霜月も晦日《みそか》近く、日本橋は木原店《きはらだな》にある一膳飯屋塩梅屋《あんばいや》の主季蔵《あるじとしぞう》は、昼を過ぎて始まった寄合《よりあい》から戻ったばかりであった。

「何か心配事？」

　先代主の忘れ形見で看板娘のおき玖《く》が案じた。

　言うに言われぬ事情から士分を捨てた季蔵は、すらりとした長身できりりとした表情の男前ながら、笑顔を見せずに考え込んでいると眉間《みけん》に皺《しわ》が寄って、幾分、表情が険《けわ》しく見える。

「瑠璃《るり》さんに何か？」

　季蔵の元許嫁《いいなずけ》瑠璃も季蔵同様、運命の辛酸を舐《な》めた挙げ句、心の病を得て、南茅場町《みなみかやばちょう》の長唄《ながうた》の師匠の家で療養中であった。

「瑠璃のことではありません」

「それならよかった、何よりよ」

おき玖は心からそう思える自分に驚いていた。

季蔵への想《おも》いに胸を焦《こ》がしたこともあったおき玖ではあったが、

——心《しん》から人を想うというのは、相手の幸せを願うことなのだわ、季蔵さんの幸せは瑠璃さんなしではあり得ない——

今は、ただただ瑠璃の恢復《かいふく》を祈っていた。

「実は今日の寄合で、師走に限って、昼餉《ひるげ》を出そうということになったのです」

このあたりの一膳飯屋や居酒屋は、夕方から暖簾《のれん》を出すのが常だった。

「師走は掛取りとかで皆さん、忙しいですからね。寒さを堪《こら》えて、朝早くから夜遅くまで、走りまわっている人たちに、せめても安くて温かい昼餉で、暖を取ってもらってはどうかということになりました」

「昼餉を出す店が少ないのは確かかね」

おき玖は昼時から暖簾を出している蕎麦《そば》屋や煮売屋に、毎年、この時季、長蛇の列が出来ている様を思い出した。

「早くしろとお客さんに文句を言われるのが辛《つら》いので、一つ手を貸してほしいと、蕎麦屋さんや煮売屋さんに頭を下げて頼まれたのです」

「そこまでされたら、引き受けるしかないわね。でも、季蔵さん、いったい、何を昼餉にして出すつもり？」

「寄合から帰る途中、ずっと考えていたのはそのことです。どうしても、思いつかなくて――」

季蔵はため息をついた。

「あたしたちだと、市中を走り回ったりしないから、白いご飯さえあれば、何とかなるんだけど、忙しい人たちには、もっと力のつくものじゃないと駄目だわね。かといって、夜と同じにお金も手間もかけられないだろうし――」

おき玖も釣られて吐息を洩《も》らしたところで、

「ちょいと邪魔するよ」

戸口から声が掛かって、岡っ引きの松次《まつじ》と定町廻《じょうまちまわ》り同心の田端宗太郎《たばたそうたろう》が入ってきた。

四十歳を過ぎた松次は、鰓《えら》の張った大きな顔と、たいていは恐ろしげで、ほんの一時優しい金壺眼《かなつぼまなこ》に特徴がある。

田端の方は見上げるような痩身長軀《そうしんちょうく》で、冷静沈着、その切れ長の目に感情を見せることはほとんどなかった。

二人は朝から捕り物に出向いていた折には、必ず、疲れた心身を休めに塩梅屋に立ち寄るのである。

「お役目ご苦労様です」

季蔵は頭《こうべ》を垂れ、

「今すぐ、ご用意いたします」

おき玖はきびきびと、田端のために冷や酒と、松次には甘酒の支度をした。

左党の田端は肴《さかな》に箸《はし》をつけることが稀《まれ》で、ただただ無言で盃を傾ける。

一方の松次は下戸《げこ》で甘党の上、料理には一家言《いっかげん》ある食通であった。

「うちの昼賄《ひるまかな》いでも召し上がりますか」

田端は何も応《こた》えなかったが、

「そうさな。昼を食ったには食ったが、蕎麦だと今時分、腹が減る」

ぐうと鳴った腹を松次があわてて押さえた。

この日の塩梅屋の昼賄いは牡蠣《かき》飯であった。

これは身内の事件を解決してくれたお礼の印として、石原屋《いしはらや》の当代の主が季蔵に贈った先代の夜食覚え書きに書かれていた。

大店《おおだな》である石原屋の先代は、奉公人とは異なる贅沢《ぜいたく》な夜食を楽しんでいたのである。

霜月に食べる先代主の夜食が牡蠣飯なのである。

細かく切った人参《にんじん》、干し椎茸《しいたけ》、牛蒡《ごぼう》、蒟蒻《こんにゃく》、昆布を煮付けて飯に混ぜた冬場の五目飯に、じっくりと遠火で串焼きにして、ふっくらと艶《つや》やかに仕上げた牡蠣の照り焼きをのせた丼である。

石原屋の先代は小丼に盛りつけて夜食としていたと伝えられているが、塩梅屋の昼賄いともなると小丼では足りず、使い慣れた丼に豪勢に盛りつけて食べる。

「美味《うま》いねえ」

松次は忙しく箸を動かした。

「牡蠣の焼き加減が何とも言えねえ。ぴか一だよ。牡蠣ってえのは、鍋にしても、煮えて引き上げる頃合いが大事だろう？　長すぎると身が固くなっちまって台無しだ。俺も煮炊きには手間をかける方だが、ここまで辛抱強く、牡蠣を料理できねえな」

――今日は親分、口数が多いけど――

おき玖は松次の困惑顔に気がついていた。

――捕り物で何か、壁にぶつかっているのだろうか。だが、それなら、田端様ともども、もっと眉間の皺は深いはずだし――

季蔵も不可解でならず、さらにそっと二人の表情を盗み見て、

――狐《きつね》につままれたら、人は誰でもきっと、こんな顔をするだろう――

思い切って訊《き》いた。

「何か、びっくりするようなことがおありでしたか？」

「そうさね」

松次は田端の方をちらりと見たが、田端はやはり無言である。

「実は朝早く、お奉行様に呼ばれてね」

松次は話し始めた。

――朝早くから、よりによって、お奉行様に呼び出されたとは――

季蔵はどきりとした。

お奉行様とは北町奉行烏谷《からすだに》椋十郎《りょうじゅうろう》で、塩梅屋とは先代長次郎《ちょうじろう》からのつきあいであった。長次郎は一膳飯屋の主であっただけではなく烏谷に仕える隠れ者で、季蔵は塩梅屋だけではなく、このお役目も引き継いで、時には闇《やみ》の世界に足を踏み入れていた。

石原屋の主から礼を尽くされたのも、烏谷の命《めい》で動いたゆえであった。

もっとも、烏谷と季蔵を除いて、このことを知る者はいない。

「よほどのお役目だったのでしょう」

季蔵は話の先を促した。

「それがねえ――旦那――ねえ――」

松次が相づちをもとめると、田端《はんた》は口元にうっすらと苦笑を浮かべた。

「そもそもお奉行様は年中御用繁多なお方で、俺たちみてえな下《した》っ端《ぱ》を呼んで、じかにお命じになるなんてこと、あるわけねえ。それでも、この前みたいに、お奉行様が陣頭指揮を執られて、川原に埋められた骸《むくろ》を掘るってえんだったら、まだわかる。でもねえ、旅籠《はたご》に泊まった甲州商人《あきんど》が一人いなくなったから、捜すには捜すが、草の根を分けても捜せってえいうのは、どうもねえ――。お奉行様の仰《おお》せなんで、捜すには捜すが、江戸じゃ、毎日、神隠しがどれほどの数あるかしれねえ。なのにこの件だけ特別扱いってえのは気の引ける話だよ。よほど奉行所に伝手《つて》がない限り、捜してもらえねえのが神隠しだからね」

松次の話を聞いていた田端は、頷《うなず》く代わりに一気に湯呑みの酒を飲み干した。

「いなくなったという商人はどんな人なんです？」

季蔵は訊《たず》ねずにはいられなかった。

――お奉行様のなさることに意味のないはずはない――

横も縦も見事に伸びている巨漢の烏谷は、闇の世界に深く通じているだけあって、大きな目がぐりぐりと無邪気に動く、丸い童顔とは裏腹に、怖いほど容易に腹の読めない能吏《のうり》であった。

「煮鮑《にあわび》と葡萄《ぶどう》菓子を主に扱う問屋の主だという話だ。名は谷山屋《たにやまや》長右衛門《ちょうえもん》と言う。甲州鮑や葡萄菓子は目の玉の飛び出るような値段で売れるってえから、てえしたお大尽《だいじん》なんだろうよ」

煮鮑とは甲州の隣、駿河《するが》で獲《と》れた鮑を煮て、醬油《しょうゆ》に浸《つ》けたまま運んだものである。運搬に数日かかるため、その間にいい具合に醬油が鮑に染み込み、絶品の旨さになり、甲州名物となった。しかし、高級品であった。

――となると、これには、江戸での商い相手が関わっているのかもしれない――

「それから、田鶴代《たづよ》ってえ名の女房は、きらきら光る水晶の数珠《じゅず》を首にかけて、見事な印《いん》伝《でん》の信玄袋を持ってた。身なりだけじゃなくて、立ち居振る舞いもさっぱりと、垢抜《あかぬ》けて、とても甲州者には見えなかった。聞いたところ、元は江戸者で、長右衛門の後妻に納まって、今は甲州住まいだそうだ」

「さて、行くか」

この日、田端が初めて口を開いた。

「今まで、商いの相手を訪ね歩いてたが、手掛かりはなし。それで、これから、吉原や岡場所を捜すのさ。仕事で江戸に来た五十男が、色里で何日もうつつを抜かしてるとは、到底思えねえ話だがな」

ぼやきつつ松次は、立ち上がった田端に従った。

二

松次と田端が帰った後、季蔵はコツだけではなく、たいそう手間のかかる、今夜の料理に取りかかった。

里芋の鍬《くわ》焼《や》きと太刀魚《たちうお》の八幡《やわた》巻《ま》きは、先代の長次郎が、江戸で一、二を争う料理屋八百《やお》良《りょう》に、足しげく通って我が物とした料理である。

「あの時のおとっつぁん、〃たかが太刀魚じゃねえ、里芋じゃねえ、もっと何かある〃って、たいそうな意気込みだったの、覚えてるわ」

その長次郎が残した日記は、ほとんどが料理について書かれたもので、この二つの料理の作り方もそこに記されていた。

「里芋の鍬焼きはあたしが手伝うわ」

おき玖は蒸した里芋の皮を剝《む》くと、潰《つぶ》して平たい俵《たわら》型に丸めた。これを大きな鉄鍋に菜《な》種《たね》油をひいて、うっすらと焦げ目がつくまで裏表を焼く。

この間に、季蔵は里芋に絡めるたれを作った。江戸黒味噌《みそ》を酒と少々の味醂《みりん》で練って、隠し味に醤油を一垂らしと胡椒《こしょう》適量を加える。

「太刀魚の八幡巻きは楽しく見せてもらうわ」

これにはまず、太刀魚と牛蒡の絶妙な下ごしらえが必要である。

脂が乗った旬《しゅん》の太刀魚は三枚に下ろして、細かく隠し包丁を入れておく。

牛蒡は茹《ゆ》でて、太刀魚と同じ長さに切り揃《そろ》え、丸い面の上下に十字の切り込みを入れる。これでどちらにもよく味が染み込むようになる。

牛蒡に太刀魚を斜めに巻きつけていく。この様子が旗を巻いていくかのようなので、八幡焼きと称された。

たれは醤油、味醂、酒、砂糖を混ぜ合わせた、やや濃いめの味付けで、このたれをかけながらじっくりと火を通していく。

こうして仕上げたこの二品は、すでに何度か試作済みとあって、試食は無用で、今夜、塩梅屋の品書きに載る。

「うほっー、やったね、白いほかほかの飯にこのお菜、たまらねえや」

三吉《さんきち》は飛び上がって喜んだ。

おき玖の方は、

「お客さんたちが、どうおっしゃるか楽しみだわね。里芋の鍬焼きには長い角皿が、太刀魚の八幡焼きは、この皿が映りそう――」

いそいそと皿を選び始めた。

下働きの三吉が暖簾をかけ、暮れ六ツ（午後六時頃）の鐘が鳴り終えてしばらくすると、腰高障子が開いて、履物屋の隠居喜平《きへい》が顔を出した。

「寒いねえ、明日も昼間から小雪が降るんだろうねえ」

挨拶《あいさつ》代わりに首を縮こめて、

「いい匂《にお》いだねえ」

目を細める。

「辰吉《たつきち》さんと勝二《かつじ》さんは？」

おき玖は酒の燗《かん》をつけた。

「二人とも絵双紙《えぞうし》屋に寄ってから来る。辰吉は褞袍《どてら》女房に頼まれた役者絵、勝二の方は子どもにせがまれて、忠臣蔵の組立絵を買うんだそうだよ。褞袍の方は昨日、今日にはじまったことじゃないが、子どもの方は今からお天下様じゃ、先が思いやられる」

喜平は口をへの字に曲げた。

大工の辰吉の恋女房は名をおちえと言い、芝居好きで、瘦《や》せぎすの亭主とは対照的にふくよかだった。

このおちえを女にはうるさい喜平が褞袍と評したことを、今でも女房に夢中の辰吉は、心底、恨みに思っていて、酔うと必ず蒸し返し、いつも二人は大喧嘩《げんか》になった。

仲裁役をかって出るのが、一番若い指物師《さしもの》の婿養子勝二で、〝俺は種付け馬だったのか〟と洩らすことが多かった。

勝二の婿入り先では、親方でもある義父が血を分けた孫である勝二の息子を溺愛《できあい》し、あまり気働きのない女房は、亭主の心の揺れに無頓着で、ややもすると大人しい婿がおざなりにされていたのである。

「でも、まあ、なんだ、かんだと、使われているうちが花かもしれん。それだけ、若いってことなんだから。わしぐらいの年齢《とし》になると楽しみは少ない」

喜平の目はじっと、季蔵の手許《てもと》に注がれている。

「冷めてしまうといけません。どうか、先に召し上がってください」

季蔵はちょうど二品を一人分、焼き上げたところであった。

「それじゃあ、いただくとするか」

喜平は舌なめずりをして箸を手にして、しげしげと里芋の鍬焼きをながめると、

「思い出した、今は亡き長次郎さんが得意げに作ってくれたものだ。確か、あの八百良から盗んだ味のはずだ」

季蔵は微笑《ほほえ》んで頷いた。

「さて、どちらを先に食べたものか――」

喜平の手と箸はまだ宙に浮いている。

「とっつぁんはどちらを先に勧めましたか？」

「残念ながら、それは忘れた。わしは潰した里芋が、ことのほか旨かったのを覚えているが」

「ならば、一箸ずつ、召し上がってはいかがです？　どちらも味付けがやや濃いめなので、酒の肴には打って付けのはずです」

するとそこへ、

「こんばんは」

「邪魔するぜ」

勝二と辰吉が入ってきた。

「女房や子ども孝行とは、こりゃ、また結構なことだな」

喜平がわざと渋面《じゅうめん》を作ってみせると、二人はあわてて、手にしていた巻いた役者絵と組立絵を懐《ふところ》に納めた。

「今日はとっつぁん流の八百良料理を作りました。どうぞ」

季蔵は次いで二人分を焼き上げた。

里芋の鍬焼きを一口食べた勝二は、

「このふんわりほくほくした口触りの美味さときたら――」

この先は言葉が出ず、

「たれがたまんねえ」

辰吉はため息をつき、

「江戸黒味噌も胡椒も冥利《みょうり》に尽きるだろうよ」

喜平は使われている食材をぴたりと言い当てた。

「牛蒡の風味と相俟《あいま》って、太刀魚は脂が乗りながらもあっさりとした味だね」

辰吉は喜平に対抗して、太刀魚の八幡巻きについて一家言垂れた。

「味の仕上がりが上品なのは、太刀魚に入ってる包丁と、牛蒡の十字の切れ込みのせいなんでしょうね。たれはよく染み込むし、焼き串からほどよく脂が落ちる――」

勝二が早速相づちを打つと、

「八幡巻きといえば、たいそう年季の入ってる、京は淀屋常安《よどやじょうあん》の鰻《うなぎ》や泥鰌《どじょう》と相場が決まってるが、今頃が旬の太刀魚を使うとはさすがだよ」

喜平はさらりと言い放った。

「淀屋常安？　そりゃ、いったい誰だい？　いい加減なこと抜かすと承知しねえぞ」

辰吉は酒が回ってきた。

「季蔵さん、長次郎さんから聞いてるか、日記を読んで知ってるんなら、話してやってくれ。わしは長次郎さんからの聞き齧《かじ》りを、ひょっと思い出しただけなんだから」

喜平に話を振られた季蔵は、

「京は石清水《いわしみず》八幡宮山麓《さんろく》で作られる、美味《おい》しい牛蒡に、鰻や泥鰌を巻いて、今日《こんにち》の八幡巻きを作ったのが、戦乱に明け暮れた頃の上方《かみがた》の豪商淀屋常安と言われているのだそうです。この淀屋さんというのは伏見城の築城工事を引き受けただけではなく、大坂冬の陣では権《ごん》現様《げん》（徳川家康）に陣屋を寄進、さまざまな功を認められて、目から鼻へ抜ける先物取引を創始、百万石の大名を凌《しの》ぐ大金持に成り上がったとされています。もっとも、これはとっつぁんが、里芋の鍬焼きや太刀魚の八幡巻き目当てに、たびたび八百良に通っていた頃、主に誘われた茶室で聞いた話だと、日記に但《ただ》し書きがありました」

淡々と八幡巻きの謂《いわ》れを話した。

「八百良あたりの料理には、初めて作った奴の名まで残ってるんだな」

辰吉がしみじみと感心していると、

「わしは今一つ気に入らんな」

自分で言い出しておいて、喜平はこほんと一つ咳《せき》をした。

「たしかに、最初の作り手が途方もないお大尽だって聞くと、恐れ多くて味がしなくなりましたよ」

勝二が箸を泳がせる。

「いや、別にこの料理が不味《まず》いって言ってるんじゃぁないんだ。こういう、八百良流もたまにはうれしいが、普段の塩梅屋ならではの料理の方が、わしは格段に好きだ。親しみが持てる」

「そりゃあ、あんまりあたぼうすぎるぜ」

辰吉はうんうんと何度も頭を縦に振って、

「言っとくけど、ご隠居も辰吉さんも、俺だって、何もここのいつもの料理に愛想を尽かしてるわけじゃないんだよ」

婿養子稼業の習い性ゆえか、深読みした勝二は細やかな気遣いを示した。

「何よりのお言葉、ありがとうございます」

季蔵は頭を下げた。

三

おき玖は季蔵が頭を上げるのを待って、目を合わせると、

「どうかしら、あのこと、皆さんにお尋ねしてみては？」

さりげなく促した。

「そうですね」

頷いた季蔵は、

「普段着の塩梅屋をお褒めいただいたところで、一つ、皆さんのお知恵を拝借したいのです」

寄合で決まった、昼餉の話をした。

「ってえことは、師走いっぱい、昼日中もここで温けえ飯が食えるのかい？」

寒空の下で鋸《のこぎり》や鑿《のみ》をふるう大工の辰吉はにんまりし、

「実は俺、注文の品を届けて、昼時ここいらを通ることが多いんですよね」

勝二はうれしそうに呟《つぶや》いた。

「変わり映《ば》えがしないうちの嫁の昼餉には、飽き飽きしていたところだよ」

喜平は季蔵の目に笑いかけて、

「ただし、師走ともなると、みんな昼餉を忘れて走りまわるから、ここへは夕方近くに立ち寄ることだってあるよ」

と続けた。

「ですから、昼時から夕方まで、いつお立ち寄りいただいても温かくて、美味しい食事をお出ししたいのです」

まだ何も思いついていない季蔵は、うーんと両腕を組んだ。

「昼餉というからには、安くなきゃいけないないんでしょう？」

釣られて腕を組んでいた勝二は、

「となると、卵かけ飯なんてどうでしょう？　あれなら、卵と銀シャリにここならではの煎《い》り酒《ざけ》があれば足りる。煎り酒は好みのものを選んでもらっては？」

これだとばかりに両手を打ち合わせた。

「悪くねえな。俺は鰹《かつお》風味の煎り酒にしてもらいてえよ」

醤油の代用調味料として、長く用いられてきた煎り酒の基本は、梅干しを酒で煮て漉《こ》して作る梅風味である。

これが先代長次郎の煎り酒で、さらに季蔵は鰹節を加えて漉した鰹風味や、昆布や味醂を加えて、昆布風味や味醂風味の煎り酒を工夫した。

卵かけ飯には、煮付けや酢の物などに向く味醂風味以外の梅、鰹、昆布各風味の煎り酒が合う。

「けど、あれは飯が炊きたてじゃないと美味くない」

喜平がすぱっと言い切って、

「あんた、毎日寒さの中で働いてて、昼時になって腹が空《す》いた時、いったい何が一番恋しいかい？」

辰吉の顔を正面から見据えた。

「近頃は急いで食える蕎麦が多い。ほかのみんなもそうじゃねえかな。ほんとは丼の蕎麦をつゆごと啜《すす》れる、蕎麦がいいんだ。けど、蕎麦屋じゃ、茹でて水通しした冷たい蕎麦を、冬場に限って、あつあつの汁につけて出してくる程度だ。これがちょっとな――」

「ようはつゆ物だな。この冬場、そうだろうとわしも思う」

喜平はなるほどと頷いた。

「思い切って蕎麦を昼餉にしては、どうです？」

勝二の言葉に、

「それはちょっと――」

季蔵は一瞬、翳《かげ》った顔を伏せた。

蕎麦を塩梅屋の品書きに載せない理由《わけ》は、言うに言われぬものではあったが、今もこれから先も、決して、口にすることはできなかった。

「蕎麦打ちは、いくら季蔵さんでも、餅屋《もちや》は餅屋、お蕎麦屋さんに敵《かな》わないわよ。それに毎日じゃ、大変すぎるでしょ」

上手《うま》い具合におき玖が季蔵の無言を取り繕《つくろ》ってくれた。

もっとも、真の事情はこのおき玖にさえ、悟られてはならないものではあったが——。

「うどんなんてどうだい？」

辰吉の提案で話は蕎麦から離れかけた。

「あのど太くて白くてふにゃふにゃした奴かい？」

喜平は渋面を作って、

「ありゃあ、上方流れの食い物《も》んだろう？　腰があって姿のいい蕎麦をつるつる行かなきゃ、江戸っ子じゃないね」

知らずと唇を尖《とが》らせた。

「ど太くて白くてふにゃふにゃしてても、俺は冬のうどんが好きだよ。うどん屋に行かないのは、蕎麦屋より数が少なくて、やたら混んじまってるからさ」

辰吉は喜平を睨《にら》み据える。

「冬のうどんは、たしかに身体の芯からあったまりますよね。子どもの頃、風邪《かぜ》を引くとおっかさんが拵《こしら》えてくれた、すいとんのあったかい食味を思い出しちまいました」

勝二はぐすんと鼻を鳴らした。

すいとんとは水で練った小麦粉を、汁と野菜等の具の入った鍋の中に、ぽとぽとと落として煮上がらせて食べる主食の一種である。

「そうだろ。うどんは大きくてあったかい女の味がする。まるでうちのおちえみてえにな。ようは冬にうどんは何よりなんだよ」

辰吉は惚気《のろけ》まじりに言い切り、

「まあ、夏は蕎麦、冬はうどんとするか。ただし、冬場の女は、大きくてあったかいのがいいなんてことまでは、わしは認めていないぞ。だから、季蔵さん、うどんは稲庭《いなにわ》を使ってくれないか。稲庭は干しうどんなんで、その都度茹でられて、打つ手間が省けるし――。風呂屋の二階の碁友達に、稲庭うどんを扱っている乾物問屋の隠居がいるんで、届けてもらうように頼んでやるよ」

喜平は落としどころを心得ていた。

「名水と上質な小麦粉、極上の天然塩の三拍子が揃い、出羽《でわ》の国、稲庭の里で長く伝承されてきた稲庭うどんは、秋田のお殿様の御用達《ごようたし》でもあり、美味しいものにはちがいないのですが――」

稲庭うどんには、その日その日の天候に合わせて塩分の量を加減し、乾燥の時間を決めるという、鋭い勘が必要とされる。

季蔵が躊躇《ちゅうちょ》したのは、その値段であった。

――高級品の稲庭うどんは、八百良などで、膳のシメに飯椀《めしわん》と汁の代わりに出されることもあるはずだ――

察した喜平は、

「値段のことなら心配しなくていい。卸値《おろしね》の八掛けで届けさせる。隠居には貸しがあるんだ。大丈夫だよ」

どんと胸を叩《たた》いて、

「それだけ安く売っていただければ、皆さんの昼餉として出すことができます」

季蔵は思わず笑みを洩らした。

「さすがご隠居」

勝二は両手を打ち合わせ、

「へえ、女好きだけが取り柄じゃなかったのか」

辰吉もそれに倣《なら》い、

「なあに、金輪際、ここで太いうどんを見たくないだけのことさ」

喜平は元気よく憎まれ口を叩いた。

こうして、塩梅屋が師走に限って出す昼餉膳はうどんと決まった。

「どんなうどんにするつもり？」

おき玖は興味津々である。

「どんなうどんが食べたいですか？」

季蔵はおき玖と三吉に訊いた。

「うどんと言われてもねえ。あたし、江戸っ子だから、お蕎麦ほどは食べてこなかったし

――」

　おき玖は戸惑いつつも、

「そうそう、おとっつぁんに連れられて、ここぞという店に食べに連れて行って貰《もら》ったことを思い出したわ。あつあつのつけ麵《めん》だれが入ったお椀に、しめじや椎茸なんかの茸類《きのこ》、そぎ切りのねぎ、薄切りの鴨《かも》の肉が入ってて、それに茹でて水に晒《さら》した稲庭うどんをつけて食べた。たれは豪華で変わってたけど、食べ方は普通のお蕎麦に似ているわよね。それにこれ、秋だったからよかったけど、雪の降ることもある今頃は、ちょっと冷たいわ。これじゃ、身体がほかほかしてこない」

「だったら、そのあつあつのたれを汁にしては？　たれより薄目の味にして、どっさり大鍋に拵えて、茹でたての稲庭を丼に盛り入れてから、上からたっぷりとかけるってえのはどうかな？　これなら絶対美味いし、身体が芯から温《あ》ったまるよ」

　三吉の提案に、

「たしかにいい案だが、鴨は高すぎて使えない」

　季蔵は残念そうに呟いた。

「おいら、鴨にはあんまし、縁がねえんだけど、鶏団子鍋なら、ここでも拵えたことがあるじゃないですか。鴨じゃなくても、鶏だって、団子にするためによく叩くと充分、美味しいよ。鶏団子うどんってえのは駄目かな？」

「よし、それを試してみよう」

季蔵は言い切り、翌日、早速、喜平のはからいで稲庭うどんが届けられてくると、鶏団子うどんの試作が始められた。

鶏団子鍋に倣って、鶏の旨味《うまみ》に負けないように、大鍋の汁の出汁《だし》はたっぷりの鰹節でとる。

ここへまず、旬の青物である、食べやすい大きさに切った小松菜、大根や人参のように短冊に切ったねぎなどを入れて煮る。

野菜が煮えたら、叩いて粗みじんになっている鶏腿肉《ももにく》に、塩と醤油で薄味をつけ、団子に丸めて、大鍋に落としていく。

具を取り分けて食べる鍋と違って、誰しも丼の汁は必ず啜るので、最後、団子が煮上がってきた時の味付けには注意を払う。

もとより、重厚な鶏の旨味が溶け出している汁ではあるが、ここで、隠し味に鰹風味の煎り酒を使うと味に深みが増しながら、くどくならない。

細ねぎを小口《こぐち》切りにして散らして仕上げる。

四

この鶏団子うどんを試食したおき玖は、

「あったまるわぁ」

鼻の上に汗を掻《か》くほどで、

「美味《うめ》え、美味え」

三吉は夢中で鶏団子と稲庭うどんを汁で啜り込んだ。

三吉に倣った季蔵は、

「これならきっと喜んでいただける。三吉、お手柄だ、ありがとう」

ほっと安堵《あんど》のため息を洩らした。

こうして、師走の朔日《さくじつ》（一日）から塩梅屋では、寒風の中、忙しく働いている道行く人たちを、鶏団子うどんの昼餉で癒し始めた。

「蕎麦屋の種物より安くっていろいろへえってるんだから、驚いたよ」

「べらぼうめ、俺の知ってるうどん屋じゃ、勿体《もったい》つけて蕎麦より、ちょいと高いのがうどんなんだぜ」

喜平の口添えで稲庭うどんを安く仕入れた季蔵は、青物問屋や鳥屋にも、このひと月、毎日決まった量を買い入れることと引き替えに、安くしてくれるよう交渉して、値切ることができた。

それで、種物の蕎麦より安く提供することが出来たのである。

「うどんはあの稲庭だってさ。鶏団子が食べ切れねえほどへえってるって話だ」

この安さは評判を呼んで、昼餉を商い始めてから、五日もしないうちに、昼時の塩梅屋には長蛇の列ができるようになった。

客の中には、

「安かろう、不味かろうじゃねえだろうな」

訝《いぶか》しげに首をかしげる手合いもいるにはいたが、丼と箸を手にしたとたん、

「あったけえ、美味え。郷里《くに》で俺を待ってるおっかあや、弟、妹にも食わせてやりてえほどだ」

湯気の向こうで笑顔が躍った。

毎日通ってくる馴染《なじ》み客も出来て、

「すいません、毎日、同じものでは飽きるでしょう？」

季蔵は案じた。

とにかく、美味さと安さを優先させたので、日々、昼餉の品書きは、鶏団子うどんだけであった。

「飽きたらこうやって来やしねえよ。ここのは美味くて精もつく。そもそも鶏団子ってえやつも、稲庭も飽きねえ代物《しろもの》じゃねえのか？　何と言っても、安いから、懐にゆとりができて、正月の餅代のやりくりがつく。このご時世、外で食う昼餉も馬鹿になんねえからな。ありがてえよ。うちじゃ、女房も喜んでる」

塩梅屋は昼時から繁盛《はんじょう》で、稲庭うどんを茹でる大鍋と、青物と団子が煮込まれているもう一つの大鍋が、夕方近くまで竈《かまど》の上で湯気を上げている。

客たちは昼時を過ぎても、ここへ立ち寄りさえすれば、空きっ腹を温かく満たすことができた。

季蔵は夜の仕込みがあるので、客の顔を見たらすぐに稲庭を茹で、汁の様子を見張って、水を足したり、具の団子や青物などを投げ入れたりするのは、おき玖と三吉が受け持っている。

「昼餉の材料こそ値切れたけれど、竈を焚《た》く薪《まき》までは無理だから、結局はとんとんってことね。赤字にはならなくてよかったわ」

ふと呟いたおき玖に、

「実はお小夜《さよ》ちゃんとお祖母《ばあ》さんの餅菓子屋に寄ってきたんだ」

三吉は夢見がちな表情を向けた。

顔が赤いのは竈のそばにいるせいばかりではない。

鈴虫長屋に住むおはぎ名人の祖母おひさと、孫娘のお小夜は、大店《おおだな》の骨董《こっとう》屋天松堂《てんしょうどう》の主の助力で、小舟町に店を開いたのである。

長月（陰暦九月）の頃、この祖母と孫娘に降り掛かってきた難儀を、塩梅屋が総出で打ち払った。

行きがかり上、三吉はお小夜と二人、天秤《てんびん》棒を担いで、五百個ものおはぎを売り歩く羽目に陥った。

そして、今では、拐《かどわ》かされた祖母の身の上を案じて、必死で涙を堪えていたお小夜の可《か》憐《れん》な顔が、抱きしめたくなるほどなつかしいのだった。

「あっ、あの――」

三吉はへどもどしながら、やや膨《ふく》らんで見える懐を探って、取り出した竹皮包みを開いた。

「あら、長屋はぎ」

竹皮包みの上には六個のおはぎが並んでいる。

おひさが娘の祥月《しょうつき》命日のある秋供養に拵える長屋はぎは、糯米《もちごめ》も餡《あん》にして絡める小豆《あずき》も極上の逸品で、毎年、この時季の三日に限り、花売りが生業《なりわい》のお小夜が花の代わりに市中を売り歩く。

鈴虫長屋に出張って、お小夜から一番に長屋はぎを買うことを競う輩《やから》さえいるほどの人気で、一刻半（約三時間）と経《た》たないうちに売り切れてしまう。

もともと長屋はぎが好物だった天松堂の主が、かわいがっていた飼い猫が、おひさとお小夜の長屋に迷い込んでいたことに縁を感じて、〝長屋はぎ〟という屋号の店を持たせてくれたのであった。

「今、お茶を淹《い》れるわ」

おき玖は急須《きゅうす》に茶葉を入れ、しゅんしゅんと湯の音を立てている薬罐《やかん》を取り上げた。

「相手が長屋はぎだもの、高嶺《たかね》の花の宇治茶とまではいかなくても、極上の狭山《さやま》茶を淹れたのよ」

三人はこの茶を啜り、長屋はぎを頬張《ほおば》った。なめらかな漉し餡の上品な甘さに、何とも典雅な気持ちに導かれる。

「さぞかし、おひささんやお小夜ちゃん、大忙しだったでしょう？」

「やっぱり、うちみたいに行列ができてたよ。売ってる長屋はぎを数えてみたら、列の半分くらいで売り切れだった」

にこにこ顔の三吉は、長屋はぎの繁盛ぶりに安堵している。

「まあ、そうなの。そんなだというのに、三吉ちゃん、悪かなかったの？　六個も買ってきちゃって——」

おき玖が二個目に伸ばした箸を止めた。

「おいらが買ったのは三個で、後の三個はお世話になった御礼だって、祖母《ばあ》ちゃんがくれたんだ。くれぐれもここの皆さんによろしくってさ」

「それじゃ、有り難く——」

おき玖は二個目を小皿に取ると、

「もう一個いいぞ」

季蔵に残りの一個を勧められて三吉は、計三個ぺろりと平らげて、

「おいら幸せだよ」

再び、目の焦点がぼやけてしまったかのような様子になった。

この日、来訪を告げる文も届かず、日も暮れていないというのに、北町奉行烏谷椋十郎が、

「わしだ、わし」

大声で叫んで戸口に立った。

「あら、今時分、お珍《しら》しい」

普段の鳥谷は来訪を報せてきた後、時季を問わず、暮れ六ツの鐘が鳴り終わらぬうちに、のっしのっしと店へ入ってくるのが常であった。

「昼餉の評判を聞いた。是非とも食したい」

時間を作っては、恐ろしいほどの勤勉さで市中を歩き回ることの多い鳥谷は地獄耳が自慢であった。

「まあ、うれしい。もう、お奉行様の耳に入ったなんて。お茶にします？　それともお酒、付けますか」

おき玖はこぼれるような笑顔を向けた。

「そうさな、今日は酒にしようか」

鳥谷の赤子を想わせる童顔が上気している。

季蔵は鶏団子うどんの用意をしながら、

「蕎麦屋に酒は付きものですが、うどんには――――？」

鳥谷に声をかけた。

「たしかに、独特の風味がある蕎麦とちがって、餅に似てべったりした食味のうどんは、酒に合わぬような気がする。だが、鶏団子の入ったこの汁と酒は相性がとびきりだ。今日は飲むぞ」

　烏谷は杯を手にした。

　その目はなぜか、幸せそうにきらきらと輝いている。

五

「八ツ時（午後二時頃）を過ぎて、客が途絶えているようだ。混んできたら退散するゆえ、ここでよい」

　店の小上《こあ》がりに上がり込むのも、今までにないことだった。

――たしかにおかしい――

　季蔵は狐に抓《つま》まれたような松次の顔つきを思い出した。

　ただし、

「美味い、美味い、腹の中が春になって、そのうち芽が出てきそうだ」

　あっという間に丼で五杯もお代わりするという、烏谷の健啖《けんたん》ぶりは変わっていない。

「こうまで鶏団子うどんと酒の相性がいいとはな。面白いように、幾らでもつるつる、するするとうどんと酒が腹に入っていく」

　烏谷は笑い声を立てていたかと思うと、急にがくりと頭を垂れて、

「いかん、障子の桟《さん》がぼやけてきた。ほんの四半刻（三十分）ほど休ませてもらう」

　そのまま、ごろりと横になりかかったのを、

「水でも飲むかのように、一升近く、召し上がってるんだもの、このまま、眠ってしまわれたら、四半刻じゃ目を醒《さ》まさないはずよ」

おき玖に囁《ささや》かれて、

「お奉行様、さあこちらで、ゆっくりお休みください」

季蔵は三吉と二人がかりで烏谷に肩を貸し、離れへと連れていった。

座布団を重ねた上に寝かせて、風邪を引かないようにと、まずは、おき玖が持ってきてくれた厚い夜着《よぎ》を掛けて、急いで火鉢に火を熾《おこ》した。

「今日のお奉行様、ちょっといつもと違ったわね」

「お嬢さんも気がついておいででしたか？」

「お酒、飲まない時から、春霞みたいに、ぼーっと潤んだ目をしてるんだけど、時々、眉を顰《ひそ》めてたわ。これ、誰とそっくりかっていうと、うちの三吉ちゃん」

「まさか――」

「でも、お奉行様って、奥方様を亡くされてから、お涼《りょう》さんという女《ひと》がいるだけで、ずっとお独りよね」

烏谷は昔馴染んだ芸者で、今は長唄の師匠をしているお涼のところへ立ち寄ることが多く、その縁で季蔵の元許嫁瑠璃も世話になっているのだった。

「元芸者で身分違いだからっていったって、その気になれば、お屋敷で一緒に住むことはできるでしょう？　めんどう見のいいお涼さんはあの通り、懐が深くて、しゃきっとした女だから、たとえ周囲に身分違いを詰《なじ》られて虐《いじ》められても、お奉行様さえ、味方をしてくだされば、お屋敷でやっていけるはずよ。これはあたしの女の勘だけど、お奉行様には昔、身を焦がすほど好きだった女がいて、理由《わけ》はわからないけど、なぜか、今も、その女のことが思い出されてならないんじゃないかと思うの。三吉ちゃんみたいに初恋だったかもしれないわよ」

――もしや、その女というのは――

一度店に戻って仕込みを終えた季蔵は、

「今夜はおまえに任せる」

離れの畳に座って、ぐうぐうと高いびきで眠り続ける烏谷を見守り続けた。

――何かある――

珍しく烏谷が案じられた。

一刻半（三時間）ほど過ぎて、暮れ六ツの鐘が鳴り始めると、

「これはいかん」

烏谷は夜着をはね除《の》けて起き上がった。

「頭はいっこうに痛まんが、喉《のど》が渇いた」

「水ならございます」

季蔵は運んでおいた水瓶《みずがめ》から、柄杓《ひしゃく》で湯呑みに水を汲《く》んで手渡した。

「それにしても、昼酒は効くな」

何杯も水を飲み干した烏谷は、一つ大きな伸びをして、

「さて、出かけるとしよう」

季蔵を促した。

「どこへでございます？」

「神田の須田町、鍋町をぶらぶらと――」

「店が軒を並べているそのあたりは、そろそろ暖簾をしまう頃です」

「もとより買い物ではない」

「わかっておりますが、いったい何用でございますか？」

「言わねば、わしの供はせぬと言うのか？」

「そうは申しませんが、松次親分から、お奉行様が神隠しにあった甲州商人を是が非でも捜すようにと、直々《じきじき》にお命じになられたという話は聞いています」

「谷山屋長右衛門はまだ見つかっていない。姿が見えなくなってからもう十日以上経つ。これといった手掛かりもない。かくなる上は、今から、わしが調べ直してみようと思っている」

「お奉行様がでございますか？」

季蔵は耳を疑った。

――忙しい身でなにゆえ、そこまでなさろうとするのだ？――

「わしは目方《めかた》こそ重いが、歩くのは速い。まだまだ若い者には負けぬ」

「もしや、谷山屋長右衛門さんというお人と、お奉行様は以前からのお知り合いなのでは？」

「そんなことはないが――」

不審げな季蔵の様子にやっと気づいた烏谷は、

「身内でもなく、顔を見たこともない男だが、しきりに亭主を案じている内儀の田鶴代とは、田鶴代が江戸で仲居として働いていた頃、馴染みだった。いかん、いかん、まだ酔いが残っている」

懐から手拭《てぬぐ》いを出して、赤くなって汗ばんだ顔をしきりにあおいだ。

――お嬢さんの言い当てた通りだ。お奉行様は少年の心に戻って、田鶴代さんとの恋の思い出に嵌《はま》ってしまっている――

「それで、ご亭主捜しに一肌脱ごうとなさったのですね」

「その通りだ。これと言った理由はない。ただ昔から、田鶴代が難儀しているとなると、どうしても、助けずにはいられないのだ。そんな風では、この手に市中の治安を預かる奉行として、贔屓《ひいき》と勝手が過ぎるか？　説教をする気なら、ついてこなくともよい。咎《とが》めもせぬぞ」

離れを出て行こうとする烏谷は、知らずと眉間に深い皺を刻んでいた。

――それほどまでに、お奉行様はその田鶴代という女のことを――

「お供いたしましょう」

季蔵は烏谷の後に従った。

師走の夜道は月の光までも冷たかった。

「これから向かう須田町の新喜屋《あらきや》は、毎年、秋口に谷山屋の葡萄を買い付けている水菓子（果物）問屋で、鍋町の諸色銘品問屋《しょしき》多田屋《ただや》は、親の代から、市中の料理屋に回る煮鮑を一手に取り仕切っている」

途中、烏谷は今後の調べについて話し始めた。

谷山屋の商いの相手についてなら、田端や松次が、すでに調べたはずである。

「調べに過ぎるということはない。拾い残している手掛かりがあるやもしれぬ」

烏谷の言葉に季蔵は黙って頷いた。間違ってはいない。

白い山茶花《さざんか》に彩られている、新喜屋の垣根が目に入った。

「訪ねる旨をすでに文で届けてあるゆえ――」

烏谷はそう呟いて、新喜屋の裏木戸に回った。

「お待ち申し上げておりました」

待っていた大番頭《おおばんとう》らしい中年者が低く腰を屈《かが》めた。

「旦那様は離れでお待ちでございます」

案内された座敷で向かい合うと、新喜屋文蔵《ぶんぞう》は白鷺《しらさぎ》を想わせる、白髪の痩せこけた老人であった。

「これはこれはよくお運び下さいました」

恭《うやうや》しく慇懃《いんぎん》な挨拶を済ませた後、わずかに眉を寄せて、

「前においでになったお役人様方に、包み隠さずお話しいたしました。この上、わたくしどもで、何かまだ、お役に立つことがあれば、よろしいのですが」

烏谷の赤く濁った目を盗み見た。

「谷山屋長右衛門が話したことを、出来るだけくわしく思い出してくれるとありがたい」

烏谷は精一杯の笑顔を向けた。

「わたくしどもは商人でございますから、商いの話ばかりでして――」

新喜屋は迷惑顔で目を瞬《まばた》かせた。

「その商いの話でかまわない」

「と申しましても、商いに関わることを洩《も》らすのは――。人より先んじるのが商い。知り得たことは女房子どもは言うに及ばず、たとえ、寝言にも洩らさず、守り抜くのが商人でございますゆえ――」

「気持ちはわからぬでもないが、お上《かみ》は人殺しをお縄にせねばならぬのだ」

烏谷一流のはったりである。

「とうとう、いなくなった谷山屋さんが骸《むくろ》で見つかったんですね？」

新喜屋は蒼白《そうはく》になって震え出した。

「そんなに震えてどうしたのだ？　まさか身に覚えでもあるのではなかろうな。仕入値の折り合いがつかずに――」

烏谷の声が響き渡った。

「め、滅相もございません」

「ならば、先の者たちに明かさずにいた話をしろ。事と次第によっては、そちにも疑いがかかる。金より命の方が大事なはずだ、正直に話せ」

六

「谷山屋さんは江戸に着いた翌日、わたくしどものところへ挨拶においででした。手土産《てみやげ》にと、たいそう値の張る、来年の干支《えと》を象《かたど》った水晶の根付けをお持ちいただいたので、そのお返しと言っては何ですが、三日後、八百良にお招きしました。その際、わたくしどもに商いの話は付きものでございますから、人払いのできる離れで、生海苔《のり》の叩きや和《あ》え物が出る、ここの女将《おかみ》自慢の師走膳でもてなしたんです。相手は世に知れた煮鮑の本家本元の食通ですからね、こちらも意地を見せませんと——」

弱々しい好々爺《こうこうや》のように見えていた新喜屋文蔵は、きっと大きく目を瞠《みは》った。

「もとよりそちは買い手で、相手は売り手。そこまでの心配りをするとは、魂胆あってのことだろう」

「お奉行様には敵《かな》いません」

新喜屋は苦笑して、

「江戸で谷山屋さんとつきあいのあるのは、わたくしどもの新喜屋と鍋町の多田屋さんの二軒です。うちには秋の初めに葡萄と、葡萄の露という、剝いた葡萄の実を砂糖漬けにして、さらに砂糖を掛けた菓子を売っていただいております。生の葡萄は日持ちしませんが、この葡萄の露は砂糖を使うおかげで、年を越すまで、美味しく食べられるので、大奥のお女中たちまでが目の色を変えるほどです。実はこれが案じられておりまして――」

「葡萄の露に引きがあるのだな」

「そうでございます。谷山屋さんが水晶のような高価な手土産を持参なさったのも、わたくしどもへ都合する葡萄の露の数を、減らすことになったからではないかと思い、酒を酌みかわしつつ本音《ほんね》を聞こうとしたんです。できれば、多少、買値を上げても今まで通りにお願いするつもりでした」

「商談はどうなった？」

「思った通りでした。買値を上げると申したのですが、谷山屋さんは〝これはどうしても断れない相手と事情なので、どうか、堪《こら》えてください〟と首を横に振るばかりでした。ただし、減ったのは二割ほどでしたので、あちらもいろいろ事情のあることと思い、潔く、諦めました。商いの話が済んだ後は、前にみえたお役人様方にお話しした通り、楽しく世間話に花を咲かせたのでございます」

話し終えた新喜屋はやや疲れた表情で深く頭を垂れた。

「今、申し上げたことに、誓って嘘偽《うそいつわ》りはございません」

新喜屋を出た二人は鍋町へと向かった。

「新喜屋さんは誰が、葡萄の露を欲しがっているのかまでは知らない様子でしたね」

「ここまで話したのだから、もはや、新喜屋は隠し立てしていない。谷山屋が明かさなかったのだろう」

「甲州煮鮑の卸でも知られている、諸色問屋の多田屋さんと関わりがありそうです」

「おそらく――」

大きく頷いた烏谷は、新喜屋同様、多田屋の裏木戸に回った。

茶室に灯《とも》りを点《あか》して待っていた多田屋京太郎《きょうたろう》は、目尻の皺は同年輩の証《あかし》ながら、新喜屋文蔵とは対照的にでっぷりと肥えて、髷《まげ》も黒々と艶があった。

「お待ち申し上げておりました」

ただし、その声は新喜屋文蔵にも増して、小さく細い。

肉に埋もれている目は、笑っているようにも見えたが、両頬は緊張のあまりひくひくと痙攣《けいれん》している。

「今、新喜屋に立ち寄って来た。甲州商人、谷山屋長右衛門が骸で見つかったゆえ、市中で関わった者たちにいろいろ訊《き》いておる」

例によって烏谷がはったりを噛《か》ませると、

「あ、新喜屋さんが、わたしのことを何か？」

多田屋京太郎は慌て出し、

「新喜屋さんが何をおっしゃったか知りませんが、こ、殺したのは、わ、わたしではございません」

へなへなと足を崩した。

「まだ、殺されたとは申しておらぬぞ」

烏谷はぎょろりと大きな目を剝いた。

「ええ、でも、あんなに元気だった人が突然の病で亡くなるわけがありません」

多田屋は疑われているとは知らずに、無邪気な言葉を返した。

「ところで、そちの江戸言葉には癖がある。生まれは上方か？」

烏谷の声が一段低く落ちた。

「京は下鴨《しもがも》神社近くでございます。生家は上方一の鯖鮨《さばずし》を売るさば善《ぜん》でございます」

多田屋は肥えて分厚い胸を張った。

「上方のしかも大店の小倅《こせがれ》が江戸《えど》店《だな》を出すわけでもなく、江戸へ来たのは、女にでも惚《ほ》れられたからか？」

「京見物に訪れたここの娘、今の女房が、わたしに一目惚れしたのが始まりで――。お信じにならないかもしれませんが、これでも、若い頃は、すらりとした色白で、役者のようだとよく言われたものです。わたしもしっとりと落ち着きすぎている、京女には飽き飽きしていて、時に啖呵《たんか》さえ切る、元気の塊のような女房に一目惚れでした。一人娘で男児のいなかった多田屋の先代は、〝娘がここまで惚れたのでは仕様がない〟と半《なか》ば諦めて、わたしが三男だったことを幸いに、両親に掛け合い、必ず、諸色問屋多田屋の跡を継がせるからと、婿取りをしたんです」

「もともと多田屋はたいしたものだったが、そちの代で益々の繁盛だと聞いている。主はさぞかし、遣《や》り手を絵に描いたような男だと思っていたが意外だった。上方の男だったとは――」

「京の男は静かに、確実に仕事を積み上げて奢《おご》らぬものだと、京を発《た》つ前、実家《さと》の父に諭《さと》されました。鯖鮨さば善に生まれたわたしは、鯖鮨がお客さん方を喜ばせるのはうれしい一方、売り切れでせっかく買いに来て下さったお客様を手ぶらでお返しするのが残念でなりませんでした。魚は美味しいだけではなく、力のつく食べ物です。もっともっと沢山の品を皆さんに届けたい。多田屋の婿になってからは、ただただその一念で働いてきたんです」

多田屋京太郎はもう狼狽《うろた》えてはいなかった。

「谷山屋は土産にここへも水晶の干支を置いていったはずだ」

烏谷は本題に入った。

「いただきました。来年は巳《み》年でわたしも女房も、同い年の年男年女なので、これは暮れから縁起がいいと喜んでいただきました」

「商いの話は出なかったか？　新喜屋は喉から手の出るほど欲しい、葡萄の露の買い付けを二割方、減らされたと申していたぞ」

「その件なら、うちの煮鮑もやはり、二割、泣いてくれと言われました」

「新喜屋は買値を上げてもと、懇願したそうだが——」

「わたくしはしませんでした。その代わりに、葡萄の露と煮鮑、二割ずつをどこへ売るのかは聞かせて貰いました。谷山屋さんの決意は固く、動かせそうになかったからですが、誰のためにわたしたちが今回、泣くのか、聞いていれば、新参の買い手に恩を売ることができるからです。持ちつ持たれつが商いというもの、何かの折にこれを相手に洩らせば、役に立ってもらえぬとも限りません」

落ち着いている時の多田屋は、まさに上方商人の鑑《かがみ》であった。

「そちたちに割り込もうとしている奴の名は？」

烏谷が促した。

「廻船問屋《かいせんどいや》の長崎屋《ながさきや》さんと聞きました。何でも主の五平《ごへい》さんは、二つ目にまで昇進した元噺家《はなしか》松風亭玉輔《しょうふうていたますけ》で、噺好きの谷山屋さんは江戸へ来るたびに、寄席《よせ》に足を運び、松風亭玉輔の高座を楽しみにしていたそうです。〝松風亭玉輔が長崎屋さんの息子さんで、跡を継ぐために噺家を辞めたと聞いた時には、どれほどがっかりしたことか——。ですから、その玉輔、今の長崎屋五平さんに頭を下げられて、頼まれたのでは無下《むげ》に断れません。噺好きの道楽者の我《わ》が儘《まま》、五十路《いそじ》男の夢だと思って、どうか、勘弁してください〟と何度も頭を下げられたんです。敵わないのはこちらですよ。正直、好きな寄席にもしばらく、足を向けたくない気分です」

多田屋の顔の肉は知らずと渋面を作っていた。

長崎屋五平の名を聞いたとたん、二人は、思わず目と目とを見合わせた。

長崎屋五平が、まだ、松風亭玉輔を名乗っていた頃、塩梅屋の片隅で食通自慢の若旦那が腐った豆腐を珍味と信じ込む滑稽噺《こっけいばなし》、〝酢豆腐〟を披露して、以後、季蔵やおき玖のみならず、烏谷までもが並々ならぬ縁で結ばれていた。

多田屋を出た二人は小網町の長崎屋へと向かった。

「新喜屋と多田屋がそれぞれ、一手に買い付けていた、葡萄や葡萄菓子、煮鮑を、あの長崎屋五平が、横紙破りをして買い付けようとしていたのか」

烏谷はぽつりと呟くように言った。

「五平さんの長崎屋は廻船問屋です。何も、海のない甲州の名産品を買い付けなくても済むはずです」

季蔵は庇《かば》わずにはいられなかったが、

「甲州には海がないから、今まで五平も伝手がなかったのだ。谷山屋が自分を贔屓にしていると知って、これ幸いと飛びついたのだろう。日持ちがする上に、美味くて値の張る葡萄菓子や煮鮑は、商人なら、誰でも、買い漁《あさ》りたい代物だ。まあ、商いの道は厳しいからな」

烏谷は低く続けた。

七

「でも、信じられません。葡萄の露と煮鮑の両方共を、谷山屋さんから買い付けようとしていたなんて――。わたしたちの知っている、弁《わきま》えのある五平さんなら、利を貪《むさぼ》り尽くすようなことはないはずです」

季蔵はなおも言い募った。

「美味い汁は貪欲《どんよく》に吸おうとするのが商人というものだ。わしは長く商人たちともつきあってきた。五平のことも武士の心情で受け止めているのだ。そちは生まれが武家ゆえ、五平店主と言われる者には、生まれつき、わしら侍の計り知れない計算と金を摑《つか》む力がある。名それを侍が卑しいと見なすのは立場が異なるからにすぎぬ。五平はよい商人になった。これで長崎屋も栄える。さぞかし、先代も草葉の陰で喜んでいることだろう」

すでに店を閉めている長崎屋の潜戸《くぐりど》を季蔵が叩いた。

「夜分遅くお邪魔いたします。塩梅屋でございます。お奉行様もご一緒です。急いでご主人様にお会いしたいのです」

緊迫した声を張ると、臆病窓が開き、見知った小僧が顔を覗《のぞ》かせた。

ほどなくして、

「こんばんは」

潜戸を開けたのは内儀のちずであった。

元娘義太夫で一世を風靡《ふうび》しただけあって、数え三歳になる跡継ぎを産んだ後、持ち前の繊細さの上に強さが加わって、おちずは誰しも見惚《みと》れるほど美しかった。

「今、大戸を開けさせます」

おちずは季蔵の隣りにいる烏谷を、眉をほんの少しあげて見た。

「いや、急ぐゆえここからでかまわぬ」

「わかりました」

二人は長崎屋に招き入れられ、離れへと続く廊下を歩いた。

先に立って案内に歩くおちずは、

「今日は月の十日でございますので、うちの人のお道楽の日なんです。もちろん、昔取った杵柄《きねづか》、噺の稽古です。赤子の頃、これにつきあわせて、五太郎《ごたろう》を起こしていたのがよくなかったんですね。大きくなっても、この日ばかりはどうしても噺を聞くと駄々をこねて。なだめすかして、ほどよいところで切り上げさせるのが大変なんですよ。今、やっと寝かしつけたところでした」

他愛《たわい》のない家族の話を続けたが、時折、不安のためか、澄んだ声がくぐもれた。

こんな夜分に何の断りもなく、突然、お奉行様までもが訪れるのは尋常ではない——。

五平は離れの座敷で手酌の酒を楽しんでいた。そう強い方ではないので、すでに顔が赤い。

「これはまた、ご両人」

これが噺家の顔になった時の五平の挨拶であった。

「お道楽に欠かせないのがお酒なんだそうで」

おちずが取りなした。

「噺家に酒はつきものだからな」

烏谷は五平と向かい合って座り、

「わしにも一杯くれ」

盃を無心した。

「お安いご用」

五平は素早く、自分の盃を杯洗で濯《すす》ぐと烏谷に渡し、酒を満たした。

「酒がこぼれぬところをみると、酔ってはおらぬようだ」

「酒は飲んでも、呑まれぬのが噺家ですよ」

五平はさらりと躱《かわ》して、

「季蔵さん、蕎麦を食いたくありませんか？　蕎麦を買いにやらせて、蕎麦を啜ってもらいながら、あたしは〝時そば〟をやらせてもらいたい」

季蔵に向かって微笑んだ。

蕎麦屋が時を告げる鐘の音に惑わされて、釣りを間違える滑稽噺が〝時そば〟である。

「それではあたしは、誰ぞにお蕎麦を買いに行かせましょう」

おちずが障子を閉めて、その足音が聞こえなくなったところで、

「失礼いたしました」

五平は居住まいを正した。

「何か、急な御用なのでございましょう？」

その顔はまだ赤かったが、微笑《わら》いは消えて、強《こわ》ばった表情であった。

「今から問い糾《ただ》さねばならぬことがある。商いにまつわることゆえ、応えたくはなかろうが、応えてもらいたい。応えを拒んだり、誤魔化《ごまか》したりいたせば、そちの命だけではなく、ここの身代に関わる。よいな」

烏谷の野太い声で押した。

「わかりました」

五平は蒼白になった。

「そちは水晶で出来た干支を、谷山屋から届けられているのではないか？」

「いただきました。文に商いについて相談があると書かれていましたので、いずれ、日時などお知らせいただけるものと思っていたんです」

「商いの相談というのは葡萄菓子と煮鮑のことか？」

烏谷はぎらりと大きな目を光らせた。

「おっしゃっていることがどうも――」

五平は首をかしげた。

「惚《とぼ》けては困る。新喜屋や多田屋に分け入って、谷山屋から葡萄菓子や煮鮑を買い付けるつもりだったはずだ」

烏谷は声を荒らげた。

「たしかに谷山屋さんの葡萄や葡萄の露、煮鮑は人気で、こちらにも卸していただきたいのは山々です。商いの相談と文に書かれていたので期待もしておりました」

「谷山屋がそちの元の生業、松風亭玉輔の噺を好んでいると知って、卸すよう無心したはずだぞ」

烏谷は怒鳴った。

「神かけて、そんな事実はございません」

五平は正面から奉行を見据えてきっぱりと言い切って、

「玉輔を名乗っていた頃、谷山屋さんに贔屓にしていただいていたことさえ、今、初めて知りました。時季の葡萄や葡萄の露、煮鮑が楽屋に届いていたことがあり、届け主の名は添えられておりませんでしたが、皆で美味しく食べておりました。今、贔屓にしてくださっていたと知らされて、やっと、あの時の楽屋見舞いは谷山屋さんからだったとわかりました」

――あえて、名を添えなかったのは、遠く離れた甲州からの贔屓では、市中で手厚い贔屓を続ける、客たちの足元にも及ばないという、慎みゆえであろう――

季蔵は谷山屋長右衛門の謙虚な人となりに触れた思いであった。

「会ったこともないというのか」

烏谷の詰問調は変わらない。

「はい。お目にかかったことはありません。一番乗りで開かれる、深川八幡宮の歳《とし》の市《いち》で待ち合わせるのも、なかなか面白いのですが、こちらは谷山屋さんが、玉輔を贔屓にしてくださっていたとは露知らず、互いに顔を知らないはずなので、市中ですれちがってもわからないと思い、長崎屋にお招きするつもりでした。さらりと水晶の干支を挨拶代わりに届けてくる、相手の粋心に負けぬよう、相応にもてなすつもりでした。どこぞの料理屋で向かい合うのは、誰しも思いつくことで、ありふれすぎています。ただし、わたしも今では商人ですから、何とか、谷山屋さんに気に入っていただいて、商いの首尾をよくしようと考えたのは事実です」

「ところで旅籠の谷山屋に文は返さなかったのか？」

烏谷は探るような目を相手に向けた。

「すぐに返しました。馬喰《ばくろ》町のはるやと聞いて、是非、長崎屋へおいでくださるようお誘いの文を届けたのですが、はるやに谷山屋長右衛門《う ち》さんは泊まっていらっしゃらないと、店の者が首をかしげながら戻ってきました。おかしなこともあるものだと思いつつも、もしや、何か止《や》むに止まれぬ事情で、名を秘しておられるのではとも思い、先方からの文を待つことにしました。気にはなっていたのですが、忙しさに紛れておりまして——。谷山屋さんに何かあったのでしょうか？」

五平は案じるまなざしを季蔵に向けた。

「その谷山屋が旅籠に内儀を残して行方《ゆくえ》がしれなくなった。霜月（陰暦十一月）の末からなので、もう十日以上経つ」

烏谷が言い放つと、

「谷中屋さんが神隠しに――」

五平は絶句して

「それで、これほど待っても、先方から文が届けられてこなかったんですね」

大きく眉を寄せた。

「谷山屋は多田屋の主に、なにゆえ、卸量が減らされるのかと問い詰められて、そちの名を口にしたそうだ。贔屓にしていた松風亭玉輔こと、今の長崎屋五平に頭を下げて頼まれれば嫌とは言えない、これは商いと道楽が上手く折り合った、五十路男の楽しい夢だというようなことを言っていたそうだ。頭を下げたと言ったからには会ったことになるし、そちのところへ回す分は、葡萄菓子、煮鮑とも、新喜屋、多田屋の分の二割だと、商いの数字も出ている。知らぬ存ぜぬでは通らぬ話だ」

烏谷は理路整然と止《とど》めを刺した。

第二話　風薬《ふうやく》尽くし

一

「お話を伺《うかが》って、仰《おお》せの通り、知らぬ存ぜぬでは通らぬ経緯《いきさつ》だとわかりました。お奉行様はわたしが商いのために、谷山屋《たにやまや》さんをどこぞに閉じ込めているとおっしゃるのですね」

五平《ごへい》の語尾はやや強く上がった。

「谷山屋の気が変わって、夢を商いに持ち込むことを諦《あきら》め、長年の得意先に義理を立てる気になったのやもしれぬ。それをそちは何とかして、元の気持ちに戻らせようと、どこぞに連れ去り、浦島太郎の竜宮城よろしく、日夜、歓待して自分の噺《はなし》を聞かせているのではないか？」

烏谷《からすだに》は負けじとばかりに睨《にら》みつける。

「そのようなこと、訪ねても来ず、ましてや顔も知らぬ相手にできる道理がありません。多田屋さんが戯《ざ》れ言《ごと》をおっしゃってるのではありませんか。そうでなければ、谷山屋さんが何か思うところがあって、勝手におっしゃってるとしか思えません。ましてや隠しているなんて。人一人隠すのはわたしだけではできぬことです。お疑いなら、奉公人全員に訊《き》き糺《ただ》し、この家を土蔵、天井裏に到《いた》るまでお調べください」

五平は唇を嚙《か》みしめた。

「そうさせてもらおう」

烏谷は広間に奉公人を一人残らず集めると、谷山屋が訪ねてきたかどうか訊《たず》ね、いっせいに迷いなく首を横に振るのを見定めると、広い長崎屋の一室、一室と店を見て回り、季《とし》蔵《ぞう》は裏庭の土蔵と天井裏をくまなく確かめた。

「変わりなかった」

伝えられた五平が無言で頷《うなず》くと、

「もとより、拐《かどわ》かした者を身近に置いているとは思えぬ。たしか、そちのところは向島《むこうじま》に寮があったな」

烏谷は食い入るような目を向けた。

「ございます」

「そこへ案内してもらおう」

「わかりました」

こうして、すっかり酔いの醒《さ》めた五平は、急ぎ人数分、駕籠《かご》を仕立て、烏谷や季蔵とともに向島へと向かった。

いる。

江戸屈指の廻船《かいせん》問屋の寮だけあって、敷地は見渡す限り広く、庭は見事な松で賑《にぎ》わって
いた。

建っている家は二棟で、新しい家と古いのとは、常緑のカラタチの生け垣で仕切られて
「新しい家は、ここでおちずが日頃の心労を癒し、子どもが伸び伸びと遊べるよう、祝言《しゅうげん》
が済んですぐに建てました」

新しい家と土蔵の調べはすぐに済み、何も不審なものは出て来なかった。

「あちらは？」

季蔵は仕切りの向こうを見た。

「古い方は父が建てたものです。父に背いて噺家になろうとした親不孝が、長崎屋を父の
時以上に繁盛させて、商いで償《つぐな》えたと思えたら、古い方も建て直すつもりでおりますが、
今はとてもまだ――」

先代の五平の父親は、息子が店を継ぐ姿を見ずに急逝《きゅうせい》していた。

「すると、誰もあちらは使っていないのですね」

季蔵は念を押した。

「もちろんでございます」

「あちらにも土蔵があるようですが」

「あれも使ってはおりません」

「それでは調べさせてもらう」

烏谷は言い切って、やおら生け垣を跳び越えようとしたが、棘《とげ》が足首に刺さって、

「痛っ」

悲鳴を上げると、

「そのカラタチは家の前の生け垣から挿し木し、増やしたものです。先代はとりわけ、棘の大きなカラタチを選んで、泥棒除《よ》けにしていたそうです」

五平は笑いを嚙み殺して呟《つぶや》いた。

季蔵は古い家の雨戸を開けて中に入ると、やはり、また、目を皿のようにして調べ尽くした。

「ここを気に入っていた父が、時折、霊になって帰ってきているかもしれないと、十日に一度は風を入れて掃除させております。父は綺麗《きれい》好きでしたので」

案内に付いてきた五平の方は、桟《さん》の上の埃《ほこり》を目で追った。

「誰もおらぬ」

烏谷は腹立たしげに大声を上げ、

「そのはずでございます」

五平はとうとうふくみ笑いを洩《も》らした。

最後は土蔵だったが、季蔵たちとその前に立ったとたん、手燭《てしょく》の灯《あか》りで頑丈そうな扉を照らした五平は蒼白になった。

「錠前が――」

「錠がどうしたのだ？」

烏谷は季蔵に手燭を近づけさせた。

「何者かに錠前を破られております」

そう言って、扉を開けた五平は古い土蔵の中を歩き始めた。季蔵と烏谷も入った。

五平の肩が揺れているのは、震えを押し殺して足を運んでいるからであった。

「ここの錠前が破られたことなど、未《いま》だかってございません。いったい、何があったのでしょうか」

五平の怯《おび》えた声が告げた時である。

「あっ」

叫んだ五平は手燭を取り落としそうになった。

緩みかけた五平の手燭を持つ手首を、季蔵は手で支えた。

「大丈夫ですか」

「あ、あそこに、ひ、人が」

五平の指差した向きに光を向けると、仰向《あおむ》けに人が倒れていた。

季蔵と烏谷が五平に先んじて骸《むくろ》に近寄った。五平は二人の方へ手燭をかざしながらも骸を見まいと目をつぶっている。髷《まげ》に少し白いものが混じっている男の年齢《とし》は五十前後、懐からはみ出ている長財布は、甲州特産印伝《いんでん》の革細工であった。

季蔵は守り袋を改めた。

小指ほどの水晶玉と一緒に〝谷山屋長右衛門《ちょうえもん》〟と書かれた紙が出てきた。

「間違いありません」

「そうか」

烏谷はがっくりと肩を落としたように見えた。

――お内儀の田鶴代《たづよ》さんの悲しみを想《おも》ってのことだろう――

「死んでいるその男が谷山屋さん？」

手燭を季蔵に渡すと、五平は、あわてて瞑目《めいもく》して手を合わせた。

骸には首を絞められた痕《あと》も、刺された傷も無かった。足首や手にも縛られた痕は見当たらず、拷問された様子はない。

閉じ込められた後、突然、訪れた自然死のように見えた。

――ここは寒くて乾いている。この年齢で持病でもあったら、ひとたまりもないだろう――

「どうしてこんなことが――」

五平が呟きかけると、

「それはこちらが訊きたいところだ」

烏谷は冷たい目でじっと五平を見据えた。

「もう、言い逃れはできまい」

「まさか、わたしがここへこの見知らぬ男を連れてきたというのでは？」

五平の声が掠《かす》れた。

「そち以外の誰が、どんな目的で連れてきたというのか？　骸が出て来ぬうちは下手人にはされぬと思い、骸を隠そうとここへ運んだのだろうが――」

烏谷はいきり立った。

「谷山屋さんをこんな目に遭わせたのは、五平さんではないと思います。商いの話がこじれて、ふとした弾みで殺してしまったのなら、殴った痕や首を絞めた痕があるはずですが見当たりません。毒殺ならば痕は残りませんが、これは計画的で、たとえ、わたしが五平さんでも用いません。ゆめゆめ殺そうとは思いつかないはずです。なぜなら、谷山屋さんには生きていて貰《もら》わなければ、せっかくの商いが台無しになるからです」

季蔵はそう言い切り、入口に戻って手燭を照らすと辺りを確かめた。

「谷山屋さんはここで縛られてはいませんでした。蔵の戸には、外へ出ようと両手を打ち付け、両足で蹴《け》り跳ばした痕が残っていました。こんな酷いことをした下手人は、この土蔵に錠をかけて、閉じ込めた相手の様子を見るために通い続け、死んだとわかって、わざと、錠前を外して行ったのではないかと思います。これが五平さんの仕業《しわざ》で、誰にも知られぬよう、ここへ骸を運んだと見せかけるために――」

「わたしを陥《おとし》れるために？」

五平は慄然《りつぜん》として身を竦《すく》めた。

「他に下手人がいるというのか」
うーむと唸《うな》って両腕を組んだ鳥谷は、
「そちの言っていることは、当て推量の域を出ておらぬぞ。これぞという証《あかし》がまだ出てい
ない」
烏谷は季蔵を鋭い目で見据えた。
「証なら、外のカラタチが教えてくれるかもしれません。ところで、お奉行様、南茅場《かやば》町
へ寄られて、お涼《りょう》さんに袴《はかま》の裾《すそ》を繕《つくろ》っていただくか、新しいものと穿《は》き替えられた方がよ
ろしいのでは？」
指摘された烏谷は、千切れている袴の裾に目を落とすと、意外な機敏さで土蔵を抜け出
た。
そして、手燭を持って追いかけてきた季蔵に命じて、仕切りの生け垣に光を当てさせる
と、ほどなく、袴の破れた布片を見つけ、なるほどと頷いて、
「よし、夜が明けたらすぐ、ここの生け垣をあますところなく調べる。証という証を根こ
そぎ拾うのだ」
と言い放った。
ほどなく、朝七ツ（午前四時頃）の鐘が鳴った。
これを合図に、使いの者たちが奉行所と番屋に走り、朝日が射《さ》す頃には、松次《まつじ》と田端《たばた》を
含む町方役人たちがやってきた。

二

　こうして、カラタチの生け垣が調べ尽くされた。

「塩梅屋《あんばいや》は今、昼も店を開けているゆえ、帰ってよい」

　烏谷に許され、一足早く戻っていた季蔵は、役目を果たし、やれやれと吐息をつきながら店に入ってきた松次と相変わらずむっつりとしている田端を迎えた。

「季蔵さんも、昨日の夜から、お奉行様につきあって大変だったね、ご苦労さん」

　労《ねぎら》ってくれた松次に、

「とんでもございません。田端様や松次親分こそ、お疲れでしょう」

　床几《しょうぎ》に座った田端は、まずは無言で盃を傾ける。

　季蔵が配下の隠れ者だと知られぬために、カラタチの生け垣の調べは烏谷の発案ということになっていた。

　季蔵は烏谷に嫌々《いやいや》付き合わされた体《てい》を取り繕った。

　――何か見つかったのだろうか――

　この日に限って、普段、酒一辺倒の田端も、松次に倣《なら》って鶏団子うどんを啜《すす》っている。

　田端は丼一杯で切り上げたが、松次はお代わりを二杯して、ようやく、腹具合が落ち着いてきたところで、

「出てきたことは出てきたが、こんなもんだよ」

松次は片袖《そで》から藍色の布切れを出して見せた。

「着物の切れ端ですか？」

下手人が仕切りの生け垣を跨《また》いだ時に、棘で千切れたものと思われる。

「呉服屋に聞いたところ、桐生紬《きりゆうつむぎ》だそうだ」

「心当たりは？」

「紬とはいえ、桐生物となると絹だよ。五平や長崎屋の奉公人に訊いてみたが、破れた桐生紬を着ている奴なんかもちろん一人もいねえ。仏さんの着物は上物の結城紬《ゆうき》だったことだし、こりゃあ、お奉行様の見込み通り、下手人が着ていたものってことになる」

「奉行所付きの医者が骸を調べた。谷山屋長右衛門の胸には、掻《か》きむしった痕があり、両方の指には、内戸を叩いた時の木片と一緒に肉片が残っていた。女房の田鶴代は長右衛門が長く、心《しん》の臓を患《わずら》っていたと申している。今時分、土蔵の中はことのほか冷える。閉じ込められた長右衛門は、必死に外に出ようと内戸を叩《たた》いた挙げ句、寒さが禍《わざわい》して、心の臓の病が悪化、苦しみながら息絶えたものと思われる」

珍しく田端が口を開いた。

――下手人はこうなると知っていて、谷山屋さんを閉じ込めたのだろうか。それとも、これは偶然なのか。いずれにせよ、只《ただ》ならぬ悪意が感じられる――

季蔵は身の毛がよだつ思いであった。

「これっぽっちの証じゃあねえ」

そう言いながらも、松次は大事そうに、桐生紬の布切れをしまいこんだ。

「桐生紬を置いてある店を片っ端から回る」

田端は憤怒《ふんぬ》も露《あら》わに強い目色で立ち上がり、

「今はこれしか頼りはないが、下手人は何ともやり口の汚ねえ奴なんで、何としてもお縄にするからな」

松次は鼻で息を吐いた。

この日は烏谷も訪れた。

届けられた文には、酒と鶏団子うどんだけで済ませると書かれていて、きっかり、暮れ六ツの鐘が鳴り終わるのを待って暖簾《のれん》を潜《くぐ》った。

「昨日に次ぐまたのおいで、うれしいやら、ありがたいやらで――」

如才なく挨拶《あいさつ》をしつつ、連日訪れるようなことは滅多にないので、探るような目を向けるおき玖《く》に、

「すっかり、ここのうどんに病みついてしまってな」

烏谷は丸い顔をつるりと撫《な》で、白い歯を剝《む》きだし、わははは と豪快かつ無邪気に笑った。

これは烏谷一流の絶妙な取り繕いで無表情に等しい。目だけは笑っておらず、どのような考えを抱いているかはもとより、機嫌のほどさえもわからないのだと、季蔵は身をもって知っていた。

「どうか、ごゆっくり」

頬《ほお》にえくぼを刻んだおき玖は、烏谷のために酒の燗《かん》を付け始めた。

――もしかすると、無理難題かもしれない――

いつものことながら、何を持ち出されるか不安であった。

「こちらへ」

いつも通り、離れへと案内する。

「今すぐ、仰せのものをご用意いたします」

七輪二台と小鍋を二つ運ばせて、一方で小丼におさまる大きさに折った稲庭うどんを茹《ゆ》で、もう片方で鶏団子汁を煮ていく。

「二つ小鍋仕立ての上、小丼で啜るとは風流だな。相撲《すもう》取りと見間違えられるわしも、実はこのような小さな可愛《かわい》い風情が好きなのだ」

長次郎《ちょうじろう》の仏壇に手を合わせた後、烏谷は嬉々《きき》として箸《はし》を手にした。

ふうふう息を吹きかけながら啜りつつ、

「これは精もついて、冬場には欠かせぬ上に飽きぬ味だ。さぞかし、人気なことだろう」

「おかげさまで」

季蔵は烏谷の腹ごしらえが終わるのを待った。

「冷えが厳しい日、年寄りにはこれに生姜《しょうが》の汁を加えてみるのもよいぞ」

などと軽口を叩きつつ、八杯平らげたところで、烏谷はやっと茶の入った湯呑《ゆの》みを手にした。

「さてな——」

「何でございましょう」

知らずと季蔵は身を乗りだしている。

「そちを見込んで頼みがある、これぱかりは、そちでなければ頼めぬことなのだが——」

烏谷は常になく歯切れの悪い物言いをした。

「お役目でございましょうね？」

「まあ、そうなのだろうが——」

ますます曖昧《あいまい》な口調になった。

「お役目とあれば、何をおっしゃられても、わたしは驚きません。ただし、得心がいかねばお断りするかもしれません」

季蔵は言い切った。

「頼みというのは、実は、そちのうどんなのだ」

烏谷の声が低く強《こわ》ばった。

「うどんなら、今、召し上がっていただいたばかりです」

真意がわからずに、季蔵は首をかしげた。

「谷山屋長右衛門の女房になった田鶴代に、わしが昔、逆上《のぼ》せあがっていた話はした。亭主を長崎屋の寮の土蔵に閉じ込めた下手人は、まだ見つかっていない。それで、しばらく、女房の田鶴代も江戸に留め置くことになるのだが、亭主の位牌《いはい》にほうとうを供えて供養したいと願っている。何とか拵《こしら》えてはくれまいか」

　ほうとうは甲州で食べられているうどんである。幅広く切った生うどんと南瓜《かぼちゃ》、里芋、大根、人参《にんじん》、ねぎ、油揚げ等を沢山入れたうどんで、味噌《みそ》仕立てのたっぷりとした出汁《だし》でゆっくりと煮込む。コクがあり、腹にもたまって、地元では、一日の疲れを癒すために、家族揃《そろ》って夕餉《ゆうげ》に食べることが多かった。

「ほうとうですか――」

「あの長次郎のことだ。どこぞに書き残しているはずだ」

　烏谷は狡《ずる》そうな流し目をくれた。

　このほうとうについて、長次郎の日記に書かれては、いた。甲斐《かい》から江戸へ旅してきた足袋《たび》職人からの聞き書きであった。

　山に囲まれている甲斐国の主食は、このほうとうや雑穀飯なので、家族はたとえ主《あるじ》でも、ほうとううどんを打つことができたのである。

　――打ち方こそ書いてあったが、作って見せてくれたことはなかった――

「上手《うま》く打てるか、どうかまではわかりません」

「わしが手伝う。出来映えもわしが負う」

「わかりました」

　――ただ、それだけの頼みだったとは――

　季蔵はいささか、烏谷を頼りなく感じた。

——供養の手伝いもいいが、今、我らは谷山屋さんを死に追いやった下手人探しに、懸命になるべきではないか——

「ほうとう好きだった亭主の話をする田鶴代の顔がまた、可愛くてな。その時だけ、楽しい思い出に浸《ひた》れるのか、つかのま悲しみを忘れて、笑顔が浮かぶのだ。こんなに亭主のことを一途《いちず》に思っていたのかと、いじらしくてならぬのだ」

烏谷はふーっと大きなため息をついた。気の抜けたようなその表情は、穏和そのものであった。あろうことか、目にもうっすらと霞《かす》みがかかっている。

——これが、たとえ大笑いしても、目だけは鋭く据わっているあのお奉行様なのか？

季蔵は信じられない思いで、恋の炎を再び燃やし始めた烏谷を案じつつ、

「ところで、五平さんへの御沙汰《おさた》は？」

気になっていた話に切り替えた。

「長崎屋の寮の土蔵に谷山屋長右衛門の骸があったのは事実だ。まだ五平の嫌疑は、完全に晴れたわけではない。五平には、閉戸というわけではないが、大戸を下ろしておくよう申し渡した」

田鶴代のこと以外では、変わらず厳しく対する烏谷であった。

三

――五平さんを助けるためにも、お奉行様のご機嫌は損ねられない――

「まずは試作してみます」

季蔵はほうとう作りを請け負うことになった。

長次郎の日記には以下のように書かれていた。


うどんと異なり、ほうとうには麺《めん》のコシが求められていないので、生地を寝かせる必要はないとのこと。また塩も練り込まないため、麺を湯掻いて塩分を抜く手順が無く、生麺の状態から煮込む。その為、汁にはとろみが付く。


――しかし、これだけでは、食べてみたことのないほうとうの食味が、うどんとどう違うのかわからない――

先代は、手打ちうどんの作り方も別に記してあった。

そこで季蔵は、

「うどんとほうとうを作り比べてみないか」

三吉《さんきち》に声を掛けた。

「おいらの住んでる長屋に甲州者の爺《じい》さん、婆さんがいるんだ。ほとんど毎夜、ほうとうを拵えて食べてる。冬は身体が温まって、夏はどっさり汗を掻くんで涼しくなるんだって。甲斐じゃ、麺よりも青物を沢山入れるほうとうは、大事な小麦粉が少なくて済むから、普段の食べ物で、小麦粉の多いうどんは銀シャリと並んで、物日《ものび》（祝い事や祭礼のある特別な日）や、客振る舞いの贅沢《ぜいたく》な料理なんだってさ」

意外にも三吉はほうとうにくわしかった。

「ほうとう作りを見たことがあるのか？」

「もちろん。おいら、小さい時から、その爺さん、婆さんには可愛がってもらってきたもの——」

「それでは、ほうとうはおまえが作れ」

こうして二人は、同じ小麦粉を使って、ほうとうとうどんを作り分けることとなった。

「ほうとうとうどん、どっちも小麦粉をこねて作るんでしょ。それで違いが出るなんて、面白いわね」

興味津々のおき玖が、離れの納戸からこね鉢を二つ探し出してきた。

「始めていいぞ」

まず、三吉はこね鉢の底に塩をまぶして、

「こうすると、粉が鉢にくっつかないし、麺もしまるんだってさ」

これに小麦粉を入れて、水を加えやや固めによくこねてまとめ、ぬれ布巾《ぶきん》に包んで、四半刻（約三十分）ほど寝かせておく。

　一方の季蔵は塩水作りから入った。

　こね鉢に小麦粉と塩水を入れてよく混ぜ、こちらは半刻（約一時間）休ませる。

「ほうとうよりも、うどんの方が沢山、塩を使うのね」

「〝うまいもんだよ、かぼちゃのほうとうは〟って爺さんは言ってて、食べさせてもらったことあるんだ。かぼちゃが甘くて汁がしょっぱくて――、どう言っていいか、ちょっとわかんねえけど、とにかく美味《うま》かったよ」

　三吉はほうとうに入れるかぼちゃと油揚げを買いに一走りして、大急ぎで戻ってくると、青物と油揚げを煮て味噌で味付けした汁を作り、こねた粉を打ち粉を振ってのして、のし棒に巻いたままの生地に縦に一本包丁を入れた。

　のし棒を取り除くと、幅四寸（約十二センチ）ほどの細長いものができる。

　これを幅三寸（約九センチ）ぐらいの幅広い麺に切る。

　味噌汁仕立てのたっぷりした汁でゆっくりと煮込んで仕上げた。

「たしかにこれだと、作るのに時がそれほどかからないから、仕事を終えた夕餉にささっと出来るわね」

　季蔵とおき玖は、三吉がほうとうを盛ってくれた椀を手にした。

「ただし、啜り込むのはむずかしいわ」

　おき玖の箸はほうとうの麺を摘《つま》んで、口へと運んでいる。

「すいとんとうどんの間ぐらいのこしの強さです」

季蔵はなるほどと頷く。

三吉は先にかぼちゃを箸で挟みながら、

「そういや、婆さんは小豆ほうとうは舌がとろけるって言ってたな。汁粉《しるこ》に餅《もち》もお決まりでいいけど、シコシコしてるほうとうもなかなかだって——」

ふと洩《も》らし、

「そのシコシコ感が白玉にも似て、かぼちゃや小豆の甘さに合うのよ、きっと。そうだ、黄粉《きなこ》や黒蜜《くろみつ》にだって合うかもしれないわ」

おき玖は両手を打ち合わせた。

季蔵はほうとうの試食もそこそこに、うどん作りを続けた。

「お嬢さん、まな板より少し大きいくらいの板はありませんか」

「そうねえ。急に言われても——。そうそう。酒樽《さかだる》の蓋《ふた》ではどうかしら？」

「まあ、いいでしょう」

おき玖が裏庭から酒樽の蓋を運んでくると、

「ここからはお嬢さんにお手伝い願いたいのです」

じっとおき玖の足元を見つめた。

「あたしの足や下駄がうどん作りとどう関わるの？」

季蔵は寝かせた生地を蓋の上に置いた。

「うどん作りの肝は足踏みなのです」

「まさか、あたしに足でその上を踏めって？」

おき玖は唖然《あぜん》としたが、

「うどん職人は男でも踏みますよ。けれども、わたしや三吉はうどん作りは素人《しろうと》。天の恵みである小麦粉を踏みつけるのは、どうにも気が引けるんです」

季蔵は躊躇《ため》いを口にして、三吉も頷いた。

「よく洗えば汚いなんてことないんだろうけど、おいらや季蔵さんの男の足じゃ、ぞっとしないよ。うどんって色白の別嬪《べっぴん》みたいだろ。やっぱし、美味いうどんになってもらうための足踏みは、女じゃねえと――」

「仕様がないわねえ」

観念したおき玖は井戸端で素足を清めると、うどんの足踏みに取りかかった。

生地の上に乗って、左右に引き伸ばすつもりで、右左と強く踏んでいく。

生地が平たく薄くなったところで、巻いて左右にまた踏む。これを六、七回繰り返した後、三つ折りにしてまた、半刻休ませる。

袖も裾も端折《はしよ》って奮闘しているおき玖は汗だくになった。

時が過ぎたところで、また踏んで平たくし、二、三回巻いて伸ばして、打ち粉を振って一分（約三ミリ）の厚さにして、折り目が重ならないように生地を折り重ねる。

これを切って、熱湯で茹で、一度冷水で冷やして笊《ざる》に取る。

おき玖は、団扇《うちわ》を使って扇《あお》ぎ続けている。

「真冬なのにこんなに暑いなんて」

「煮込みうどんが続いたので、これは盛りうどんにしてみましょう」

季蔵はそう言って、笊のうどんを皿に盛りつけ、つけ汁にするよう、好みの煎《い》り酒を選ばせ、さらしねぎとおろし生姜を薬味にして勧めた。

「ほうとうはこくがあったけど、これは喉《のど》ごしがあっさり。同じ小麦粉でできてるとはとても思えないわ」

おき玖はため息をついた。

「うどんは別腹だよ」

三吉は箸を止めずに、

「どうして、材料が一緒なのにこうも違うのかな」

おき玖と同じ疑問を季蔵に向けた。

「うどんはほうとうより、回数、長く寝かせた上、お嬢さんに苦労していただいたように、足踏みが欠かせない。この寝かせと足踏みによって、小麦粉がうどんに化けるのだと思います。生地に粘り気が出てふっくらした柔らかさになる一方、強いコシが出てくるのですよ」

「それにしても、この盛りうどんに欠かせないのは、おろし生姜よりもねぎだわ」

普段からねぎ好きのおき玖は薬味にたっぷりのさらしねぎを使っている。

「茗荷《みょうが》や青じその出回る夏場ではないので、薬味が少ないのが残念です」

季蔵は目を伏せた。

「あたしは文句を言っているんじゃないのよ。ねぎがどれほど優《すぐ》れものだったかわかって、感心しただけ。冬はねぎが旬だから、いっそねぎ尽くしが出来ないものかって、思ったりしたの」

おき玖は先代の血を引くだけあって、時に斬新《ざんしん》な品書きの提案をする。

――ねぎ尽くしとはたしかに面白いが、江戸のねぎは長ねぎばかりだ――

「実はあたし、前にも、今時分の葱尽くしをおとっつぁんに、ねだったことあるのよ。おとっつぁん、何日もうーんと考え込んでて、〝江戸のねぎだけじゃ、一本調子すぎて無理だな、第一華がねえ、やっぱりねぎは薬味だよ〟って。口惜《くや》しそうだった」

代表的な江戸のねぎで、根深《ねぶか》ねぎ、千住《せんじゅ》ねぎとも呼ばれる長ねぎは、地中の白い軸の部分が使われるのだが、これだけでは料理法が限られてしまう。

一方、上方では緑色の葉を食べる葉ねぎ、青ねぎが主流で、その代表格が九条《くじょう》ねぎであった。

「ねぎ尽くしなんて美味いのかな？」

三吉は葱独特の匂《にお》いが好きではない。

「お菓子に目のない子どもに、ねぎの良さはわからないのよ」

「おいら、もう、子どもじゃないよ」

三吉がぷっと頰を膨《ふく》らませた。

——このねぎ尽くし、何とか、できないものか——

愛娘《まなむすめ》の提案に心惹《ひ》かれながら、断念せざるを得なかった長次郎は、さぞかし心残りだったはずである。

ともあれ、ねぎ尽くしの話はひとまずこれで終わった。

四

季蔵は早速、ほうとう作りの試作を終えたと烏谷に文を届け、返ってきた文の指示で、翌日の昼近くに、馬喰町の旅籠《はたご》はるやへ向かった。

はるやでは田鶴代が上客用の中庭が見渡せる座敷で待っていた。

「甲州は谷山屋長右衛門の女房田鶴代です。亡くなった旦那様の供養のために、この江戸では珍しい、ほうとう作りを引き受けてくださったそうですね。本当はあたしに本場のほうとう打ちができればよかったんですが、なにぶん、一緒になってから、一年と少しという短さなので、ほうとうにこだわりのある旦那様を、満足させられる自信がなくて——。ありがとうございます。わざわざお出向きいただいて、何と感謝申しあげたらよろしいのか——」

田鶴代は深々と頭を下げた。

柔らかく引き摺《ず》った語尾に、懸命に押さえている万感の悲しみが感じられて、挨拶を返した季蔵は思わず胸が詰まった。

「お口に合うものができるとよろしいのですが――」

季蔵が座敷を下がって厨《くりや》へと向かおうとすると、立ち上がった田鶴代は障子を開け、

「どうかよろしくお願いします」

微笑《ほほえ》もうとしたが唇の端が震えていた。

厨でほうとう作りに取りかかった季蔵は、大きな鍋で昼賄《まかな》いの唐芋《からいも》（さつまいも）の茶《ちゃ》粥《がゆ》を拵えている、奉公人の女たちのひそひそ話を洩れ聞いた。

「このところ、男衆は谷山屋さんのお内儀《かみ》さんの話ばかりよ」

「旦那さんがあんな死に方をしたんで、可哀想《かわいそう》に思ってるんでしょ。男って女の涙に弱いもんだもの」

「ところが、それだけじゃないのよ。あのお内儀さんはいい女だって――」

「まさか。お盆に目鼻みたいな顔立ちで、短い首は衿《えり》でよく見えないし、背丈だって大きくない。錦絵《にしきえ》とは一生縁のない様子じゃないの。あのお内儀さんだったら、あたしの方がまだしも――」

「そりゃあ、そうなんだろうけど、男衆があれこれ噂《うわさ》して、あのお内儀さんの世話をしたがってるのは、あたしがこの耳で聞いたんだから確かなことよ」

「あたしゃ、ますます男がわからなくなったよ」

そこで唐芋の焦げる匂いがぷんと鼻をついた。

「いっけない、唐芋茶粥が台無しだわ」

女たちはあわてて、四方八方から杓文字《しゃもじ》で掻き混ぜながら、大鍋を竈《かまど》から下ろした。

烏谷は季蔵のほうとうが青物と一緒に煮上がる直前に訪れた。

「手伝おうと思ったのだが、野暮用が多くて――」

言い訳した烏谷は襷《たすき》がけまでしている。

――やはり、お奉行様はよほど田鶴代さんのことが気がかりでならないのだ――

出来上がったほうとうの入った丼が座敷へと運ばれた。

田鶴代は遺骨の入った白木の箱と位牌の前に、故人の好物を供えると手を合わせ、かなり長く瞑目していた。

「さて、ふやけぬうちに食わねば供養になるまい」

烏谷に促されて、

「たしかに旦那様は出来たてのほうとうがお好きでした」

箸を手にした田鶴代は、

「甲州では夕餉にほうとうを多目に拵えておいて、朝餉に煮返す家が多いんですが、旦那様が、汁を吸ってふやけたのがお嫌いなので、谷山屋ではその都度、作っていたんですよ」

と言って、季蔵を見た。

「恥ずかしいのですが、ふやけたほうとうが食べられるという話は、今、初めて聞きました。うどんなら伸びると、もう、食べられたものではないですから」

料理人の性《さが》で季蔵はつい話に乗った。

「汁を吸ったほうとうは、柔らかくなるので、お年寄りのいる家ではことに喜ばれるのですよ。ただし、旦那様は、出来たてのほうとうが嚙みきれなくなったら、死んだ方がましだとずっと言い張ってきていらっしゃったんです」

田鶴代の言葉が掠れ、一箸、二箸と、やっとの思いでほうとうの切れ端が口に運ばれた。

「申し分なく美味《おい》しいです。甲州のほうとうと同じくらい――。よかった、ほんとうに、よかった――。ありがとうございます」

この時、笑顔を作った田鶴代は、目を瞬《まばた》かせるのを見られまいと、箸を手にしたまま、自分の膝《ひざ》を見つめた。

思わず、季蔵は烏谷と目を合わせた。

微《かす》かに烏谷の首が左右に動いて、その目は、もはや、田鶴代に語りかける言葉などないことを物語っていた。

――これほどの悲しみにも、必死に耐えて、周囲の人たちへのねぎらいを忘れぬご気性なのですね――

季蔵は心の中で話しかけたにすぎなかったが、

――そうだ。田鶴代とはそういう女なんだ――

烏谷の湿った目が頷いた。

田鶴代はこの後もほうとうを食べ続けたが、わずかな量しか丼の中身を減らすことがで

きないのを見た烏谷が、

「よし、残りはわしが一気に食うて、谷山屋の供養の仕上げとしよう」

助っ人を買って出た。

「でも――」

烏谷は躊躇《ためら》う田鶴代の丼と箸を取り上げると、

「わしも幕府役人のはしくれ。あの谷山屋も、天下の奉行に口供養されれば、思い残すことはあるまいと思うぞ」

あっという間に平らげてしまった。

この後、茶が運ばれてきた。

――そうだ――

季蔵は田鶴代が着ている牡丹《ぼたん》の模様の友禅に目を向けた。

作りが地味な田鶴代の顔には、あまり似合ってはいなかったが、手描きの染めだけではなく、見事な刺繡《ししゅう》がほどこされている贅沢な着物であった。

「お内儀さんを衣装道楽とお見受けいたしました」

切り出した季蔵に、

「いいえ、いいえ」

困惑顔の田鶴代は首を横に振って、

「あたしは着るものにも、食べるものにも、たいして通じてはありません。器量好《よ》しでもなし、ほんとに何も取り柄がないんです。これは旦那様が、牡丹の柄が好きだから、どうしても着てほしいとおっしゃって、買ってくださったものです。たしかに綺麗な着物でしたので、試しに鏡の前で当ててみたところ、不器量なあたしには、恥ずかしくなるくらい、似合いませんでした。それで、簞笥《たんす》の肥やしにしていたところ、江戸で芝居見物に連れて行くから、その時には、必ず、着てほしいと旦那様に頼まれたんです。それで持ってきていたんです。まさか、ほうとうの供養を兼ねて袖を通すことになるとは――」

目を伏せた。

「それでも、ご主人の影響で、お内儀さんも少なからず、着物にはくわしいのでは？」

「ええ、まあ、多少は――」

田鶴代は怪訝《けげん》そうな顔を上げた。

「ご主人が桐生紬をもとめられたことはなかったですか？」

――谷山屋さんが亡くなっていた長崎屋の寮の生け垣には、下手人のものと思われる、桐生紬の布切れが残っていた。もしや、下手人は谷山屋さんの着物の見立て好きと、関わりがあるのでは？　たとえば、桐生紬をもとめた相手とか――

「さあ――」

田鶴代は首をかしげた。

「桐生紬について、何か知っていることがおありでしたら――」

藁《わら》をも摑みたい気持ちをぶつけると、

「〝白滝姫〟の話なら知っています。千年以上も昔、昔、その頃、上野国《こうずけ》山田郡《ごおり》と呼ばれていた、今の桐生に住む一人の男が京に宮仕えに出され、叶《かな》わぬ恋とは知りながら、宮中の白滝姫に恋をする話です。この恋に身を焦がした男は、寝る間も惜しんで、和歌の修業を積み、歌会で力を認められて、白滝姫との祝言を許されます。夫と一緒に桐生に戻った白滝姫は、京の絹織物の技術をこの地に伝え、今では、絹織物といえば、西の西陣、東の桐生と並び称されるまでになりました。あたしの知っているのはこのぐらいです。ごめんなさい、たいしてお役には立たなかったでしょう?」

田鶴代はおずおずと話を締め括《くく》った。

それから、しばらくして、季蔵は烏谷と共にはるやを後にした。

十軒店《じっけんだな》にさしかかったところで、

「ちょっと休んで行くとしよう」

烏谷は馴染《なじ》みの水茶屋の二階に季蔵を誘った。

「お役目のお話ですね」

季蔵は座敷で烏谷と向かい合った。

「察しがいいな」

――お奉行様の全身から、尋常ならざる疲れと焦《あせ》りが滲《にじ》み出ている。塩梅屋にお寄り頂く間もないほどお忙しいのだ――

「大伝馬町《おおでんま》の呉服屋京屋《きょうや》を知っておろう」

「京屋さんは権現《ごんげん》様以来の老舗《しにせ》で、遅れて京より移ってきた尾張《おわり》町の丸高屋《まるたかや》さんと、並び称されている大店《おおだな》でしょう？」

「その京屋の二十二歳になる、大事な跡継ぎがいなくなった。田鶴代の亭主の骸が見つかった翌日からだ。奉行所総出で捜しているが、まだ見つからない」

「身代金をもとめる文は？」

「それもない」

「だとすると――」

「そうだ、谷山屋長右衛門の時と同じなのだ」

烏谷は知らずと思いきり顔を顰《しか》めていた。

五

「京屋さんの屋号をめぐる、丸高屋さんとの反目については耳にしたことがあります。互いの奉公人たちは、道ですれちがっても、そっぽを向いて、挨拶一つ交わさないとか――」

京屋の出身は権現家康縁《ゆかり》の駿府《すんぷ》で、それゆえの引き立てもあった。許されて屋号を京屋と名乗ったのは何につけても、京を見習う風潮が連綿と続いてきていたからである。

一方の丸高屋は正真正銘の京都の出ながら、すでに、駿府出身の京屋という屋号があることから、泣く泣くこれを名乗れず、丸高屋となった。

ともに大奥に出入りしている両者は、市中の呉服屋の両雄として長きに渡って君臨してきている。

「京屋と丸高屋を競わせてきたとは、あれで大奥もなかなかの遣《や》り手だ」

烏谷は苦笑した。

御台所《みだいどころ》や側室たちは、日に何度も着替えるのが習わしで、ほかのお女中たちも女の常で、華やかな着物に目がなかったから、大奥での呉服の需要は大きかった。

高価な呉服は大奥の経費を膨らませ続けてきた。出入りの呉服屋を二軒にして、品や値を競わせてきたのは、せめてもの経費節減の意図が含まれていた。

一方、お女中たちは流行を作り出す名人で、たとえば、大奥での新年に、赤い南天《なんてん》の実の絵柄を染めた手拭《てぬぐ》いが全員に配られたとなると、市中では、松の取れる頃、南天柄の小袖が飛ぶように売れるといった按配《あんばい》である。

もちろん、手拭いの柄は配られるまで極秘である。こうなれば、何としても、競り勝って、手拭いの注文を取り付けたいのが商人魂《あきんどだましい》であった。

「京屋と丸高屋の仲は大奥出入りで闘っているうちに、ますます険悪になってしまっている」

「ならば、京屋の若旦那の神隠しは、商い絡みということもあり得ますね」

烏谷は大きく頷いて、

「谷山屋の時と似ているのは気になるが、とりあえず、今はそう考えて調べている。ただ、ほかの呉服問屋連中も、これまた、曾祖父の代から、京屋側、丸高屋側と分かれて、互いに反目しあっているので、丸高屋陣営の一軒が、命じられて手を下した疑いがある。ともあれ、疑われる丸高屋陣営の数が多すぎてかなわない。倅探しに必死の京屋は、なりふりかまわず、ご老中にまでも、山吹色の懇願に行くので、わしは日々、何をしているのかと、せっつかれ、お叱《しか》りを受けているというわけだ」

　ため息をついた鳥谷の横顔が疲れて見えた。

「ところで、わたしのお役目は？」

「まずは京屋と丸高屋の主に会ってくれ」

「会って何を探れと？」

「京屋と丸高屋が嘘をついていないか、確かめてほしいのだ」

「お奉行様は、丸高屋さんが仲間を使って、京屋さんの若旦那を拐《かどわ》かしたのではないかという疑いだけではなく、これが、丸高屋さんに罪を着せて、追い落とすための京屋さんの狂言ではないかと怪しまれているのですね。ただ、わからないのは、この人たちの反目は長く、なにゆえ、突然、今になって、それが激しくなってきたのかと——」

　季蔵は首をかしげた。

「御側用人《おそばようにん》と親しいご老中との酒席の折、ちらと耳にした話では、大奥への呉服屋の出入りは、近く、京屋か、丸高屋、どちらかに絞られるとのことだ。いよいよ、長く続いてきた財政難も極まったのだ」

――なるほど――

「わかりました。仰せの通りにいたします」

この後、烏谷と別れた季蔵が店に戻ると、

「届けていただいている物があるのよ」

おき玖が告げた。

一つは生み立ての卵十個ばかりで、以下のような文が添えられていた。


本日、瑠璃《るり》さんがくしゃみをしたので、気になってお医者様をお願いしました。長引く心の病は、いつしか身体まで弱らせ、特に風邪《かぜ》は万病の因《もと》と言われていたからです。

先生は風邪の引きはじめではないかとおっしゃって、風薬《ふうやく》（風邪薬）にと煎《せん》じて飲むようにと葛根湯《かっこんとう》をいただきました。そのほかに、風邪には滋養のある食べ物が何よりとのことでしたので、よい卵を生む鶏を飼っている知り合いからもとめた卵を、そちらへお届けするのを思いつきました。

瑠璃さんは卵がお好きです。

どうか、これで精のつく一品を拵えて、瑠璃さんの顔を見においでください。

お涼

もう一つは鶏屋が届けてきた鶏の腿肉《ももにく》であった。

文が添えられていた。


今日はおかげさまでよい供養をすることができました。

お奉行様から、南茅場町で療養されていらっしゃるお方のことなど、少しだけ、そちら様のことを伺いました。

冬場の鶏肉は脂が乗って身が締まり、何より身体を元気にしてくれるのだと、昔、お奉行様がおっしゃっていたことを思い出しました。

大事なお方が風邪などに罹《かか》らぬよう、これで腕をふるっていただければと――

せめてものお礼の気持ちでございます。

田鶴代

――お涼さんと田鶴代さん、様子は違うが心根の優しさはさすが、お奉行様が見込んだだけのことはある――。こんなにも、案じてもらっている瑠璃は幸せ者だ――

季蔵は二人の笑顔を思い浮かべて胸が詰まった。

手渡された文を読んだおき玖は、

「実はあたしも心配してたのよ、これから引く風邪は質《たち》が悪いもの――」

その手には千住ねぎの白い根茎があった。

「風邪を引いて鼻が詰まった時、おとっつぁんがねぎをすり下ろして、よく効く風薬代わりだって、鼻に詰めて楽にしてくれたことを思い出したのよ。おとっつぁん、その時、〝普段から、嫌がらずにねぎを食ってりゃ、風邪なんぞ引かねえんだぞ〟って。あたしがねぎを好きになったのは、それからなの。だから、瑠璃さんを風邪に罹らせないためには、ねぎ尽くししかないって思えて——。でも、料理の方は、白い根をじっと睨んでも、いっこうに思いつかなくて——」

——そうだ——

この時季蔵はおき玖の手から千住ねぎを取り上げて、卵と鶏肉の間に置いた。

「お嬢さんのおかげで、ねぎ尽くし、一品はできそうです」

そう言って微笑みかけられたおき玖は、

「何が何やら、あたしにはまだわからないけど、手伝うことがあったら——」

「飯を炊いてください」

「それなら得意よ、任せて」

こうして、ねぎ尽くしの一品目作りが始まった。

「季蔵さん、下拵えはいいの？」

不審そうな三吉に構わず、季蔵は飯が炊き上がる頃になって、七輪の火を熾《おこ》した。

「何か、ねぎ料理って地味だね」

季蔵は応えず、七輪に乗せた焼き網の上で、鶏の腿肉を焼き始めた。

「香ばしいいい匂いだ」

歓声を上げた三吉が、

「鶏って団子にするか、骨付きをぶつ切りで鍋にするんだとばっかし思ってたけど、焼くって手もあったのか——。それにしても、こんなにいい匂いだったなんて——」

しきりに感心していると、

「後は任せる。鶏は魚よりは時がかかるが、要領は同じだ。こんがりとは焼くが、焦がすのは困る」

季蔵は菜箸《さいばし》を渡してきた。

この後、季蔵は、鰹《かつお》でとった濃い出汁《だし》に、醤油、味醂、砂糖で味つけしたたれを小鍋にとって竈にかけ、細く、薄く白髪《しらが》切りにした千住ねぎを加えて煮込んだ。

この白髪ねぎはたっぷりと作って、半量を残してある。

「焼き上がった鶏は、こっちの俎板《まないた》の上においてくれ」

三吉に命じた。

中指ほどの太さに切られた焼いた鶏の腿肉が、小鍋のたれの中に沈む。

「やっとわかったわ」

おき玖は炊きたての飯を丼によそって待っている。

季蔵はここへ、あつあつのたれと鶏肉を盛りつけた。

「おいらはまだ、わかんねえ」

三吉の目は使われていない卵の上をさまよっている。

「たしかにねえ」

相づちを打って、おき玖が小首をかしげかけたところで、季蔵は卵を一個手にすると素早く、飯と鶏肉とたれが湯気を立てている丼の真ん中に割り入れた。周囲に残しておいた白髪ねぎを散らす。

「今、すぐ、卵を混ぜながら、食べてみてください」

六

二人は言われた通りに卵と鶏肉、白髪ねぎを掻き混ぜて食べて、

「あっ」

「これって」

あまりの美味さに絶句して、黙々と箸を動かし、

「卵かけ飯の変わり種かな?」

割った卵に煎り酒で味付けして箸で掻き混ぜ、、炊きたての飯にかけて山葵《わさび》を薬味に食すのが卵かけ飯である。

「そんな大ざっぱな呼び方しないで。これは鶏と卵とねぎなんだから、母子《おやこ》ねぎ飯よ。それと、鶏と卵の旨味が入ってる、ご飯にかかってるたれの絶妙さが最高。鶏肉を焼いてか

らたれで煮るっていうのは、思いもつかなかった技ね」

丼の中身が半分ほどになってきたところで、やっと褒め言葉を洩らした。

「鶏肉を生のまま、たれで煮ると、たれに旨味が移ってしまい、脂っぽくなりすぎるだけではなく、身が締まって固くなってしまいます。焼けば塩梅よく皮の脂が落ちて、旨味が封じこめられ、香ばしさも加わって、さらりと柔らかく食べられると思ったのです」

「こんなに鶏肉が旨かったとは——。おいら、もう、鶏は団子が一番だなんて言わないことにした」

「焼いた鶏肉って煮ないでたれをかけただけでも、酒の肴《さかな》にしても喜ばれそう。鶏団子は子どもの味で、焼いた鶏は大人の味ってとこかしら？」

——果たして、鶏団子は子どもの味なのか——

おき玖の言葉を心の中でなぞっていた季蔵は、

「ねぎ尽くしの二品目を思いつきました」

残っていた鶏肉に目を走らせると、

「こいつを一枚、すぐに微塵《みじん》に叩いてくれ」

三吉に命じた。

「おいらの贔屓《ひいき》の鶏団子が、母子ねぎ飯と並んで、ねぎ尽くしの品になるんだね」

目を輝かせた三吉は早速、慣れた手つきで包丁を握ると、どんどんとやや重たげな音を調子よく響かせながら、鶏肉を叩き終えた。

季蔵の方は、千住ねぎの枯れずに残っていた青い部分を、白い根茎と一緒に微塵に切って取り置き、竹串を俎板の上に並べて待っていた。

三吉が叩いた鶏肉に、青と白のねぎの微塵切りが混ぜられ、季蔵の手にした篦《へら》が叩いた鶏肉を使って、竹串を芯にして厚みのある楕円《だえん》を作っていく。

「鶏とねぎの叩き串ね」

おき玖がなるほどと頷いた。

七輪にはまだ火が熾きている。

この鶏の叩き串を焼き網に並べ、七輪で程よく焦げ目がつくまでゆっくりと焼いた。

たれは母子ねぎ飯に使った甘辛たれをまず試したが、

「母子ねぎ飯は酒の上がりで食べるもんだろうけど、こいつは格好の酒の肴だよね。だとすると、味醂風味の煎り酒も合うんじゃないかと思うよ。梅干しの酸味が隠し味になってる煎り酒の方が、べたっとしてなくて切れがあって、絶対、粋な味だと思うもの」

三吉が一丁前のことを言い、

「あたしは作り置きの梅塩で、あっさり食べてみたいわ。その時はお酒より、濃く淹《い》れたお茶の方が合いそう」

おき玖は梅塩を主張した。

梅塩は梅干しを漬けた時に出る赤梅酢を、あら塩と一緒に鍋で煮詰めて、水分を飛ばし、濃桃色のさらさらになるまで天日干しにしたものである。

「見事、美味しいねぎ尽くしのはじまり、はじまり」

三吉ははしゃいだが、おき玖は気がかりな様子で、一口囓《かじ》った鶏の叩き串の歯の痕を見つめている。

「たしかに、青と白、二色のねぎもとっても綺麗だけど——。母子ねぎ飯も鶏とねぎの叩き串も夢中になるほど美味しいけど——」

「これだけで、ねぎ尽くしを謳《うた》うわけにはいきません」

言い切った季蔵は、

「なぜなら、主は鶏で、決してねぎではないからです。これぞ、ねぎ料理といったものを加えなければならないのです」

やや思い詰めた様子で続けた。

頷いたおき玖は、

「けど、そもそも、江戸のねぎは白い根を食べるんでしょう？　白いところは細かく刻んで薬味か、そぎ切りにしてお鍋、洒落《しゃれ》て白髪ねぎにもするけど、これもやっぱり、薬味のうちじゃない？」

他に何の料理ができるのかと、首をかしげた。

「これから先は明日まで待ってください」

翌日、塩梅屋の昼商いが一区切りついたところで、

「ご免下さい」

戸口から三十半ばの身なりのいい男が入ってきた。

「ご無沙汰しております」

深々と頭を下げたのは、新石町《しんこく》の薬種問屋良効堂《りょうこうどう》の主佐右衛門《さえもん》であった。

思いもかけなかった来訪に驚いた季蔵は、

「明日伺わせていただくつもりでおりましたのに、お越しいただくとは恐縮です」

佐右衛門よりもさらに深く頭《こうべ》を垂れた。

「文をいただいて、これはと思い、飛んでまいったのですよ」

佐右衛門は穏やかな微笑みを浮かべながら、

「まずは長次郎さんにご挨拶させていただきませんと――」

離れへと向かい、仏壇に手を合わせた。

座敷の隅に控えていた季蔵は、

「ご無理を申しまして申しわけございません」

低頭のままでいる。

「季蔵さんが気にかけているねぎは、もうじきここへ届きます。うちでは、上方でしか作っていないねぎを含む、さまざまなねぎを、薬効のある青物として育てているので、お役に立つことができます」

老舗の良効堂は、青物畠《ばたけ》を含む広い薬草園を初代から受け継いできていて、たとえば、少々時季はずれの梨など、八百屋や水菓子屋では手に入らない珍しい種類を譲ってもらうことができる。塩梅屋とは先代長次郎以来のつきあいであった。

「季蔵さんが是非ともと言われた、京の九条ねぎとやらも、当家にはございます」

「ありがとうございます。何と御礼を申したらいいか――」

「ご先祖様の言い付けを守って育ててきた上方のねぎですが、江戸の冬の寒さには弱く、霜から守って、青い葉を枯らさないようにするのは、なかなか大変なのです。そこまで大事に育てても、江戸ではねぎの葉は食べないので、青物だというのに、手入れを怠《おこた》れない盆栽のようでした。そんなわけで、毎年、葉が生え替わる春になると、誰にも食べられずに朽ちた葉を取り除けてやりながら、何と罰当《ばちあ》たりなことだろうかと、ため息ばかり洩らしていました。塩梅屋さんで料理に使ってくださるのでしたら、これで、長年の胸のつかえがおります」

佐右衛門は胸から鳩尾《みぞおち》にかけて片手を滑らした。

「実は長次郎さんに一度、何とか、良効堂のねぎを、料理に使ってもらえないかと話したことがあったんです。その時、長次郎さんは、〝ねぎは薬味か、鍋だと思い込んでいる江戸の連中に、ねぎを葉まで食わせるのは、生半可《なまはんか》な料理では無理だ。だが、生きているうちには必ずやり遂げてみせる〟とおっしゃってくださいました。良効堂のねぎを使いたいという季蔵さんからの文を読んで、これは亡き長次郎さんのお導きのようにも思えたのです」

佐右衛門はもう一度、位牌に向けて手を合わせてしばし瞑目した。

佐右衛門が帰ってほどなく、良効堂の小僧が二人がかりで、季蔵が頼んだねぎを届けてきた。馴染みのある千住ねぎ、京の九条ねぎ、深谷《ふかや》ねぎの三種である。

「うちのねぎ畠にはまだどっさり残っているので、必要とあれば、毎日でもお届けしたいと、旦那様がおっしゃっておいででした」

年嵩《としかさ》の小僧が額の汗を拭《ふ》きながら告げた。

「こんなねぎ、はじめて見たわ」

おき玖が目を丸くしたのは、幅広の韮《にら》のようにも見える九条ねぎであった。触ると葉は柔らかく、白い部分は僅《わず》かである。

「いったい、どんな食べ方をするのかしらね」

「これ、千住ねぎに似てるけど、ぶっといな」

三吉は深谷ねぎを手にして首をかしげた。

「季蔵さん、もう、品書きは出来てるんでしょう？」

――ねぎ尽くしを言い出したのは、ほかならないあたしなんだから、厚かましく訊いてもいいわよね？――

ねぎ好きのおき玖は季蔵の手の内が知りたくてならない。

「それでは――」

季蔵は三吉に硯《すずり》と筆、紙を用意させると、以下のようにさらさらと書き綴《つづ》った。

ねぎ尽くし改め風薬尽くし
突きだし二品　九条ねぎのおひたし　千住ねぎと烏賊《いか》のぬた
焼き物二品　鶏と千住ねぎの叩き串　深谷ねぎの黒焼き
揚げ物二品　深谷ねぎの天麩羅《てんぷら》　九条ねぎの海鮮かき揚げ
飯物二品　母子ねぎ飯改め白髪ねぎ飯　じゃこねぎ飯改め九条ねぎ飯

七

「なるほど、ねぎは風邪予防になるから、風薬に見立てて、風薬尽くしと変えたわけね。薬代わりにねぎ料理をっていうの、とってもうがった思いつきだわ。そして、どれにも、それぞれのねぎの名がついてるのは、お客さんに三種のねぎを食べ比べてもらいたいからよね」

おき玖の言葉に季蔵は微笑んで頷いた。

「それにしても、どれも二品ずつってえのは、品数が多すぎるよ。お客さんたち、腹がはちきれちまうんじゃないかな？」

首をかしげた三吉に、

「この師走は鶏肉団子うどんの昼餉で忙しいことだし、良効堂さんから毎日、ねぎをいただけるとのことなので、夜は当分、風薬尽くしで行こうと思ってる。この紙に書いた料理から、お客さんに選んでもらって作ることにした。飽きた時は飽きたと言ってもらえばいいかと――」

季蔵が説明すると、

「大丈夫よ、ねぎって意外に飽きないものだもの」

自信たっぷりにおき玖は励まして、

「となると、まずは試作、試作」

襷を締めなおした。

「けど、母子ねぎ飯改め白髪ねぎ飯と、鶏と千住ねぎの叩き串のほかはまだ作ってないんだよ。あと六つもある。時がかかるよ」

案じる三吉に、

「烏賊と海老《えび》なら買ってある」

季蔵は告げると、

「ようは今夜から風薬尽くしにすればいいのよ」

おき玖はこともなげに言ってのけた。

こうして、ねぎ尽くしが風薬尽くしと改められ、残りの料理の試作が始められた。

まずは突きだしの二品である。

「ねぎは茹でるのよね」

おき玖が鍋を手にしようとすると、

「ちょっと待ってください」

季蔵は蒸籠《せいろう》を竈にかけた。

「茹でるとねぎの旨味が汁に流れてしまいますから。旨味の出た汁も啜ることのある鍋料理なら、それも悪くないのですが、おひたしやぬたとなると、茹で汁を使うことはありません」

「たしかに茹でたねぎは水っぽいような気もするわ」

小指の長さほどに、平たい葉を切り揃えた九条ねぎと、それよりやや短めに切った千住ねぎが蒸籠に入れられた。

「三吉は烏賊を下拵えして、細切りにしてくれ」

「合点」

ねぎの入らない、烏賊の酢味噌和《あ》えは塩梅屋の定番で、三吉の得意料理の一つであった。

「この烏賊に、蒸し上がった後、よく冷ました千住ねぎを加えて、酢味噌で和えれば、千住ねぎと烏賊のぬたの出来上がり。三吉ちゃんの酢味噌は最高よ。甘すぎず、すっぱすぎずで」

おき玖に礼を言う代わりに三吉は思いきり目を細めた。酢味噌は味噌、砂糖、酢に出汁を加えて作るのだが、砂糖と酢の塩梅がむずかしいのである。

「今度は烏賊だけを和えるわけじゃないのだから、気をつけろよ」

季蔵は釘を刺した。

合わせる素材の違いによっても、当然、酢味噌の味加減は異なるのである。

「気になるのはこっち――」

おき玖の目は角皿に盛られた蒸した九条ねぎに注がれている。

――おひたしっていうからには、これを醬油出汁で煮るんじゃないかと――

ところが季蔵はこれに鰹風味の煎り酒をかけまわし、薄く削った鰹節をふわりと載せて、

「はい、出来上がりです」

にっこりと笑った。

あっけにとられたまま、箸をつけたおき玖は、

「ああ、何って、上品で深い、いいお味なんでしょう」

ふーっとため息を洩らした。

「優しい甘さが持ち味の九条ねぎには、江戸風に醬油出汁で煮付けるよりも、醬油より繊細な味わいの煎り酒を、さっとかけた方が相性がいいような気がしたのです。煎り酒は足《あし》利将軍の昔からあったと聞いています。思えば、九条ねぎも煎り酒も京のものなのですから」

「おいらの方の味見をしてください」

三吉が千住ねぎと烏賊のぬたを盛りつけた小鉢を差し出した。

「あら、こっちもいいお味」

おき玖は無邪気な声をあげ、季蔵は無言で箸を進めた。

「三吉、いつもより砂糖を増やしたな」

見破られた三吉はやや青ざめて、

「駄目？」

「いいや、これでいい。薬味や鍋に使うことの多い千住ねぎは、辛味《からみ》が勝ってるので、砂糖は足した方がいい」

「実はおいらもそう思ったんだ」

三吉の顔に笑みが戻った。

「慣れたものほど、味を守るのはむずかしいものだ。三吉、腕を上げたな」

「あ、ありがとうございます」

三吉は深々と頭を下げた。

千住ねぎと烏賊のぬたはおおかたおき玖が平らげた。

作るのは三吉が得意だったが、おき玖の方は烏賊に限らず、酢味噌が使われるぬたが好物なのである。

「自然の旨味が煎り酒だけで引き出されてる九条ねぎのおひたしもいいけど、ねぎの辛さと酢味噌の塩梅が相俟《あいま》って、思いがけない旨味が醸し出される千住ねぎのぬたもなかなかだわ。風邪予防にもなることだし、お客さんたち、きっと、どっちも喜んでくれると思う」

この後、季蔵が深谷ねぎの黒焼きを拵えようと、三吉に七輪の火を熾すよう命じかけた

ところに、

「お奉行様よりの文をお届けにまいりました」

息せききって使いの者が入ってきた。

文には以下の一文が書かれている。

今川橋に至急来るように

鳥

「急にお奉行様から、夕餉のお招きをいただきました」

季蔵は方便を用いた。

「今夜は二種のねぎの付きだしと、鶏と千住ねぎの叩き串、白髪ねぎ飯をお出しするから大丈夫よね」

おき玖はぽんと一つ自分の胸を叩いて、三吉に相づちをもとめた。

「おいら、酢味噌以外はたいして慣れちゃいないけど、また、褒めてもらえるよう頑張るよ。今日はまかしといてください」

身支度を済ませた季蔵が外に出ると、陽《ひ》はすでに落ちている。

時折、遅くまで商いに勤《いそ》しむ人たちが点《とも》す提灯《ちょうちん》の灯《あか》りとすれちがいながら、冷たい夜気の中を急いで日本橋を渡り室町《むろまち》通りを歩き、今川橋へ向かった。

今川橋際《きわ》の店仕舞いを始めた瀬戸物屋の前で、提灯を手にして烏谷椋十郎が立っていた。

「待っていたぞ」

「明日には京屋さん、丸高屋さんを訪ねるつもりでした。ところで、この店が何か？」

「あいにくこの店とは関わりがない」

烏谷は、ついて来いと言わんばかりに歩き出した。

足を止めたのは、枯れ木ばかりの庭と垣根、空き家になっている商家の前であった。

「先ほど、奉行所までこのような文が届いた」

烏谷は懐の文を出して見せた。

文面は以下である。


　京屋の若旦那正太郎《しょうたろう》の骸は、今川橋近くの元は紙屋泰盛堂《たいせいどう》だった空き家土蔵にある

「定町廻り町方へは後ほど報せることにして、まずはそちに検分させたいと思ったのだ」

――谷山屋さんの骸も土蔵にあった。符合している。お奉行様は下手人が同一ではないかと疑いを深めておられるのだ――

烏谷は先に立って、すでに破られている土蔵の扉を開けた。

「これは――」

季蔵は血の匂いに咽《む》せた。

うつぶせに倒れている骸の後頭部から夥《おびただ》しい血が流れている。

「頭を殴られて死んでいる。だが――」

着物の背中から腰部にかけて、数多くの褐色の筋が付いている。木片と思われる棘状のものが貼《は》りついていた。

骸に屈《かが》み込んだ季蔵は、骸に手を合わせた後、徐《おもむろ》に両肌《もろはだ》に着物を脱がせた。褐色の筋のある場所すべてに、皮膚が破れて赤く血が滲み出ている。

「酷すぎる」

烏谷がぽつりと呟いた。

季蔵は咄嗟《とっさ》に骸に近い壁を見た。

棒がぶつかって出来たものと思われる、真新しい傷が出来ている。

これにも着物にあったのと同じ木片が食い込んでいた。

「殺しに使われたのは太く長い棒だな」

烏谷は断じ、

「下手人はこの者を後ろから殴って倒した後、止《とど》めをさすべく、やみくもにうちつけ続けたというわけか。人とは思えぬ、何という非道ぶり、断じて許せぬ」

その場にその下手人でもいるかのように、憎悪の溜《た》まった大きな目をかっと見開いた。

第三話　南蛮かぼちゃ

一

「そちなら、この殺し方から、下手人がどんな奴だと思う？」

烏谷《からすだに》は季蔵《としぞう》に鋭い目を向けた。

「下手人は頭も背中、腰も、すべてを後ろからうちつけています。頭を殴りつけたのは昏《こん》倒《とう》させるためでしょう。後は相手が起き上がって、向かってこないよう、念には念を入れてうち続けたのだと思います。このような場所で後ろから襲い続けたのは、下手人が必ずしも屈強でなかったからかもしれません。棒を用いたのも、自身の非力を補うためだったのかもしれません」

「女でも出来ることか？」

烏谷の声がくぐもれた。

「刀をお貸しください」

季蔵は烏谷から刀を借りると、傷のある壁の近くに立たせた。

「京屋の若旦那の背丈はお奉行様ぐらいです。わたしぐらいの背丈の男が下手人だとして――」

烏谷の後ろにまわった季蔵は、鞘《さや》に収まっている刀を棒に見立てて、相手の頭部めがけて振り下げた。

季蔵は命中させずに宙をうつつもりだったが、

「おっと危ない」

咄嗟《とっさ》に烏谷は避けて、勢い余った刀は壁へと逸《そ》れてがつんと音を立てた。

壁に刀の鞘の痕《あと》が残った。

木片が付いている、下手人が残した疵《きず》と比べると、三寸（約九センチ）ほども高い場所にある。

「下手人は背丈がそれほど大きくない男か、女であってもおかしくありません」

「そうか――」

呟《つぶや》いた烏谷はなぜか、目を伏せて、

「これから、奉行所の者を呼んでくわしく調べさせる。ご苦労だった」

季蔵に帰るよう促《うなが》した。

定町廻り同心の田端宗太郎《たばたそうたろう》と岡っ引きの松次《まつじ》が、塩梅屋《あんばいや》を訪れたのは、翌日の八ツ時過ぎ、昼餉《ひるげ》の客が一段落した頃であった。

「お疲れでしょう」

おき玖《く》が田端には酒を、松次には甘酒を手早く用意した。

田端の飲み方が早い。

「いいんですか、旦那」

おき玖が眉《まゆ》を顰《ひそ》めたのは、田端が妻に迎えた娘岡っ引きのお美代《みよ》の唯一の心配事は、夫の酒量だったからである。

「同じく同心だったお父上が早死にしたのも、飲み過ぎたお酒のせいだって聞いてるんですよ。お願い、うちの人にあんまり勧めないでね」

おき玖はお美代に頼まれていた。

「いらん世話だよ」

声に怒気を含んだ松次も、しきりに甘酒をお代わりしている。

蒸し上がって冷ましてあった九条ねぎがあったので、季蔵は素早くおひたしに作った。

「珍しい上方《かみがた》のねぎです。どうか、召し上がってください」

田端はちらと見ただけだったが、松次は知らずと箸《はし》を手にしていた。

「美味《うま》いね。上方ものであろうとなかろうと、俺はねぎと名のつくもんが残らず好きでね、食わず嫌いはしねえ。それにしても美味い、甘い。やっぱり、今頃はねぎが一番」

「田端様もいかがです？　ねぎを食べていると風邪《かぜ》を引かぬと申しますよ」

ここで、毎冬、風邪に悩まされることの多い田端の箸がやっと伸びた。

皿が空になったところで、

「何かございましたか？」

季蔵はさりげなく訊《き》いた。

——田端様も松次親分も、元紙屋の空き家の土蔵で見つかった、京屋の若旦那の骸《むくろ》に関わっているはずだ——

二人は季蔵が自分たちより先に、烏谷に呼ばれて骸を見ていたとは知る由《よし》もなかった。

「明日の朝には瓦版《かわらばん》が書き立てるだろうが——」

九条ねぎのおひたしで口がほぐれた松次は、事の次第を話して聞かせてくれた。

「あら、まあ、あの京屋さんの若旦那が——」

おき玖は絶句し、季蔵は包丁の手を止めて、驚いたふりを装った。

「下手人の見当はついているのですか？」

季蔵が問いかけると、

「あんた、谷山屋の骸が長崎屋の寮の土蔵で見つかった時、カラタチの生け垣に、桐生紬《きりゅうつむぎ》の切れ端が引っ掛かってたのを覚えてるかい？」

松次は念を押してきた。

「ええ」

季蔵は言葉少なく応《こた》えて、

——もしや、あの空き家にも？——

相手の言葉を待った。

「泰盛堂《たいせいどう》だった空き家の土蔵の中を調べたところ、梁《はり》と天井に貼りついてた」

――気がつかなかったな――

「だとすると、谷山屋さんを閉じ込めて殺した下手人と、今回の京屋さんの若旦那殺しの下手人は同じだということですか？」

季蔵は知らずと口走っていた。

――茶屋でお奉行様と疑った通りになってきた――

「そうとは限らぬ」

田端がはじめて口を開いた。

「谷山屋と京屋の倅《せがれ》では、殺し方があまりに違いすぎる」

――どちらも非力な者でできる殺しではあるが――

ただし、季蔵はその考えを口にするわけにはいかなかった。

「桐生紬は重い手掛かりだ。この出所を突き止めて行けば、必ず下手人を炙《あぶ》り出せると、わしは信じている」

思うところを言い放った田端は、また、ぐいぐいと盃を傾けた。

「田端様と親分は谷山屋さんの時から、桐生紬を置いている、呉服屋や古着屋を当たられていたのでは？」

季蔵は松次の方を見た。

「それがね」

松次はこれ以上はないと思われる渋面を作って、

「古着屋を調べるお許しは出たんだが、呉服屋の方は差し止めを食っちまってね。調べりゃ、当然、桐生紬を買った客を調べることになる。そうなると、呉服屋の客、特に身分の高い方々に迷惑がかかる、何より、町方は武家屋敷の探索はできねえのが決まりだってえのが、お奉行様のお考えだったんだよ。古着を買うのは貧乏人で、反物《たんもの》のまま呉服屋から届けさせるのは、大店《おおだな》や石高の高いお武家様と相場が決まってる。お奉行様の仰《おお》せは、金持ちにばかり味方してるってことだよ。それがどうにも気に入らねえ。下手人は金持ちかもしれねえってえのにな」

澱《よど》みなく話し続けた。

帰り際、先に立ち上がって油障子を開けて外に出た田端を追い掛けようとした松次は、

「あれで田端の旦那は暇を見つけては、朝から晩まで、市中を歩きまわってるお奉行様のことを、貧乏人に優しい、味方だって思い込んでたのさ。それで、がっくりと落ち込んじまってる」

ふと洩《も》らした。

——桐生紬詮議《せんぎ》についてのお奉行様の命《めい》は、一応、理には適《かな》っているが——

季蔵は心のどこかで烏谷らしくないと思った。

——あのお奉行様なら、調べようと思ったことは、どんな手を使っても、諦《あきら》めずに追及するはずだ。ということは、お奉行様は大事な手掛かりである桐生紬をわざと見逃そうと

している？──

京屋と丸高屋は、いずれ一軒に絞られる大奥出入りをめぐって、対立を深めているのだという烏谷の話が季蔵の脳裏を掠《かす》めた。

──相手は大店中の大店。以前のような関わりがないといい──

烏谷が治水工事のためとはいえ、悪に手を貸して公金を作ったことが思い出された。

ふと心に浮かんだ黒い影が広がりかける。

──ただし、お奉行様はわたしに京屋、丸高屋の両者を調べさせようとしている。駆け引き上手のあのお方のことゆえ、これもまた、大奥商いの生き残りという、巨利をめぐる熾烈《しれつ》な競い合いに乗じて、密《ひそ》かに利を得るための策のうちであることも考えられるが──

季蔵は烏谷の自分への命が真実解明のためであると信じたかった。

何日かして、長崎屋五平《ごへい》の内儀ちずが塩梅屋を訪ねてきた。

「長崎屋五平の代理でまいりました」

元娘義太夫水本染之介《みずもとそめのすけ》として名を馳《は》せたおちずの声は、まさに鈴が鳴るがごとく美声であった。

姿も声に負けず劣らず、母親になって、しっとりとした女らしさが醸し出されている。

「いつ、見ても綺麗《きれい》」

おき玖がため息をついた。

「お願い事というのは、これなんです」

おちずは、やや当惑した面持《おもも》ちで竹皮に包んだ包みを差し出した。

「ももんじかしら？」

おき玖は鼻を近づけた。

ももんじは猪《いのしし》、鹿、豚、牛等の獣肉で、竹皮に包んで売られることが多い。

「匂《にお》いが違うみたいだから、そうじゃないみたい」

おき玖から包みを渡された季蔵は包みを開くと、薄黄色く固まっているものをながめて、

「これは白牛酪《はくぎゅうらく》ですね」

なつかしそうに言い当てた。

二

「そういう名のものなんだそうですね」

おちずは頷《うなず》いた。

「季蔵さんが知ってるからには、おとっつぁんの日記にあったのね」

「いえ。白牛酪についてなら、〝遥《はる》か昔には、甘味を加えない牛の乳を汁や菜に用いていた〟と書き残してくれていましたが――」

「薬代わりの白牛酪ならおとっつぁんに聞いて知ってるわ。白牛の乳を煮詰めて型に詰め、よく乾かしたもので、戻して水で薄めて飲むと、疲れ知らず、年齢知らずの滋味豊かな飲み物。お城では有徳院様《ゆうとくいんさま》（徳川吉宗）の頃から、安房《あわ》は嶺岡《みねおか》に白い牛を特別に飼って、ず

っと飲まれているんだそうよ」

「ところで、これをわたしのところへ持ってこられた五平さんのお望みは何でしょうか？」

季蔵は牛酪を見つめつつ、首をかしげた。

「谷山屋さんがうちの寮の土蔵でお亡くなりになってから、〝下手人がわかるまで、まだ容疑は晴れたとはいえないゆえ、決して店を開けるな〟と、わたくしどもはお上から申し渡されております」

「五平さん、さぞかし、口惜《くや》しい思いでいるでしょうね」

おき玖が眉を寄せた。

――あまり長くこれが続くと、お内儀《かみ》さんと手を携《たずさ》えて、せっかくここまで頑張ってきたというのに、五平さんの長崎屋は江戸一の廻船問屋ではなくなるわ――

商いを差し止められてしまっては、他の同業者に遅れをとることになる。

「いいえ」

おちずは、きりっと黒目勝ちの大きな目を瞠《みは》って、

「久々にこれで骨休めができる、五太郎《ごたろう》の遊び相手をしてやれるって、うちの人ときたら、もう、大はしゃぎで――」

「はしゃぎついでがこの白牛酪ですか？」

季蔵が苦笑を洩らすと、

「そうなんです。突然、五太郎に食べたことのないお菓子を、何としてでも、食べさせて

やりたいって言い出して、苦労して白牛酪を手に入れたんです」

「でも、どうして、よりによって、季蔵さんにこれを？」

おき玖の首が傾いた。

「いつだったか、五平さんに阿蘭陀《オランダ》正月のお話をしたように思います」

季蔵はなるほど、そうだったのかと頷いた。

「阿蘭陀正月って？」

おき玖に訊かれて、

「冬至を過ぎて何日かして、主に長崎や江戸の蘭学者たちの間で行われる、阿蘭陀由来の祭りのことです。ももんじをふんだんに使った料理で祝うのが常で、これのシメには白牛酪を使った菓子のタルタ（タルト）が欠かせないのだと、五平さんに話したことがありました」

「たしか、主人もその名を口にしておりました。あたしは、カステーラこそ知ってますけど、そんな名は初めて聞く名で――」

困惑気味におちずは相づちを打った。

料理人になる前、季蔵が仕えていた大身《たいしん》旗本の鷲尾《わしお》家の先代鷲尾影親《かげちか》は長崎奉行を務めたことがあった。

今は落飾《らくしょく》して瑞千院《ずいせんいん》と称している正室の千佳《ちか》は、夫の影響で阿蘭陀の風物、食べ物等に魅せられ、特にこのタルタが大好物であった。

そのため、師走《しわす》の煤払《すすはら》いの後には、餅菓子などよりも、よほど精がつくからと毎年、高価な白牛酪をもとめてこれを作り、使用人たちに与えた。

――出奔《しゅっぽん》した主家には複雑な思いが残っているが、瑞千院様がくださったこの菓子だけは夢のように美味《おい》しかった。一度など、御膳番に頼んで作るのを見せてもらったこともあった――

誰しも、年に一度きりではあったが、甘いだけではなく、風味豊かなこの菓子の味が忘れられなかったのである。

――瑠璃《るり》もわたしもどんなにか、タルタが楽しみだったことか――

直径一尺（約三十センチ）ほどに丸く焼き上げられるタルタは、人数分に切り分けられ、懐紙に載せて配られる。

天井の煤払いを終えた季蔵は、瑞千院様の茶道具の手入れを終えた瑠璃と、裏木戸近くの忍冬《にんどう》の茂みで落ち合い、各々《おのおの》のタルタの大きさを比べ合ったこともあった。

〝瑠璃殿の方が大きい。これは奥方様の贔屓《ひいき》に違いない〟

季蔵が拗《す》ねてみせると、

〝ならば替えてさしあげましょう。季之助《としのすけ》様の方が、よほどわたくしより、力の要るお仕事をなさったのですから。もし、よかったら、どうか、わたくしの分も召し上がってくださいさい〟

瑠璃は自分のタルタを季蔵の膝《ひざ》の上に置いた。

〝言ってみただけだ〟

あわてて、瑠璃の膝にタルタを返した季蔵は、母以外にこれほど甘えることのできる、自分のことを第一に想《おも》ってくれる相手がいるという事実がうれしく、しばし酔いしれた。

〝ほんとうによろしいのですか？〟

〝うん、さあ、共に食べよう〟

そして、いざ、食べ始めてみると、季蔵がまだ半分までしか囓《かじ》っていないというのに、瑠璃の方は早々と平らげてしまった。

〝まあ、わたくしとしたことが――〟

赤面する瑠璃に、

〝わたしが口をつけたものでよければ、これも食べてくれ〟

季蔵は自分の残りを渡した。

〝ありがとうございます。後ほど、季之助様を想って大切にいただきます〟

潤んだ目の瑠璃はこれを懐紙に包み、袂《たもと》にしまった――。

――あの時のことが、まるで、昨日のことのように思い出される。あれ以来、これほどの幸福感に浸《ひた》れたことがなかったせいだろうか？――

「季蔵さん、どうかしたの？」

おき玖に声を掛けられて、しばし、瑠璃との過去の思い出に浸っていた季蔵は、はっと我に返った。

「ただでさえ、お忙しいでしょうに、南蛮菓子を拵《こしら》えてほしいなぞと、うちの人がご無理をお願いして申しわけございません」

おちずは、タルタ作りに、季蔵の気が向いていないのだと誤解して、しきりに頭を下げた。

「お引き受けいたします。阿蘭陀正月とタルタ作りは見聞きしたことがあるだけですが、何とか、作ることができそうです」

「ありがとうございます」

おちずは深く頭《こうべ》を垂れた。

「いいの？　季蔵さん？」

咄嗟におき玖は案じた。

季蔵は主家を出奔し、親兄弟からは死んだものとされている。

――いくらほかならない五平さんの頼みでも、そんな辛い思い出につながるものを作らなくても――

「五平さんは嫌疑をかけられている我が身の切なさ、口惜しさを、阿蘭陀正月に掛けて、お上に立ち向かい、憂《う》さを晴らそうとなさっておられるのだと思います。本当は高座に上がって、阿蘭陀正月のネタでも演じ、ずばりと形式一辺倒のお上の無情を訴えたいところなのでしょうが、そんなことをしては、即刻、厳罰が下ります。可愛《かわい》いお内儀さんやお子さんにまで、罪科《つみとが》が及びかねません。それで、作って食べても、何のお咎《とが》めもない阿蘭陀正月の菓子タルタに、気持ちの捌《は》け口をもとめられたのだと思います。親しい者として、少しでも、五平さんの心の支えになることができればうれしいです」

季蔵はきっぱりと言い切った。

「そこまでおわかりいただいていたとは――。実はうちの人は〝これは駄洒落《だじゃれ》だよ〟と申しておりました。何と申し上げたらいいのか――。ありがとうございます、ありがとうございます」

目を瞬《まばた》かせたおちずは、さらに繰り返し礼を言って帰って行った。

「始めようか」

季蔵は三吉に声を掛けた。

「菓子と名の付くもんなら、おいらに任せてくれ」

三吉は張り切ったものの、

「菓子ってえのは、まずは粉なんだろうけど――」

咄嗟に、使う粉の種類の見当がつかずに狼狽《うろた》えていると、

「カステーラは小麦粉を使うんだって、おとっつぁんから聞いたことある。タルタもカステーラと同じ南蛮菓子だろうから、きっと、使う粉はこれだと思うわ」

おき玖は小麦粉の入った袋を手にした。

「タルタには皮が要るんです。これが第一の肝です」

「だとすると、お饅頭《まんじゅう》なんかの皮と同じじゃないの」

おき玖は袋の小麦粉を適量移す、大きめの練り鉢を探そうとした。

「タルタは練らないので練り鉢ではなく、これです」

季蔵は俎板《まないた》を取り出した。

「わかんねえ」

ぽつりと呟いた三吉は口を尖《とが》らせて先を続けた。

「練りもしねえで、どうして皮ができちまうんだい」

「まあ、見ていろ」

季蔵はおき玖から小麦粉の袋を渡してもらうと、掌でおよその分量を計りながら、俎板の上に粉を広げていった。

三

季蔵は小麦粉を俎板の上に広げ終わったところで、

「三吉、白牛酪を賽子《さいころ》ぐらいに切ってくれ」

「切れるのかな」

おっかなびっくり、三吉ははじめて目にする白牛酪を別の俎板に取った。包丁を使い始めて、

「なあんだ、わけないや」

ほっと息を吐いた。

「これほど白牛酪があれば、三個のタルタが作れる。まずは三等分して、さらにその一個を四つに切ってくれ。そして、そのうちの三つをこっちの俎板の上に置いてくれ」

「へい」

「いいか、よーく見ていろよ」

「ん」

三吉は唇を噛みしめて、じっと小麦粉と白牛酪に目を据えた。

——どんな練り、いや、混ぜ方をするんだろ。きっとたいした時も手間もかかるんだろうな——

季蔵は刻んだ白牛酪に広げた小麦粉を絡めつつ、ぼろぼろに崩し、水と卵を加えて、一塊にすると、大きな平皿に移し、

「しばらく、勝手口で休ませておいてください」

おき玖に手渡した。

「えっ？　たったそれだけで皮作りが仕舞い？」

啞然《あぜん》とする三吉に、

「タルタの皮はいじりすぎると、サクッと気持ちよく仕上がらないのだ」

「ふーん」

タルタなるものを口にしたことのない三吉は、半信半疑であった。

「さて、その間に餡《あん》を作るとしよう」

季蔵は籠《かご》にあったかぼちゃを出してきた。

「へえ、かぼちゃを餡に使うの？」

おき玖の目が輝いて、

「おとっつぁんがかぼちゃ好きだったって知ってた？」

「聞いたことはありません」

長次郎の日記にもかぼちゃ料理は記されていなかった。

「男のかぼちゃ好きなんて、締まらないから内緒だぞって、おとっつぁん、あたしに言ってたから、かぼちゃが好きだってこと、季蔵さんにも隠してたのね」

「そういえば、お嬢さんは毎年、冬至の日に、かぼちゃのいとこ煮練りを供えておいでしたね」

かぼちゃのいとこ煮は茹《ゆ》でた小豆《あずき》とかぼちゃを甘辛く煮付けた菜で、汁気がなくなるまで煮て、潰《つぶ》れたかぼちゃを小豆と混ぜて茶巾《ちゃきん》に絞ると、特に子どもや年寄りが喜ぶ菓子になる。

「そうよ。でも今年は、かぼちゃ餡が入ったそのタルタとやらを、おとっつぁんの仏壇に供えさせてもらっていいかしら？　きっと、喜ぶと思うわ。珍しくて、美味しいもの、大好きな人だったから」

「かまいません」

季蔵はにっこりと笑って頷いたが、

――珍しいは珍しいけど、果たして、ほんとに美味《うま》いもんができるんだろうか?――

三吉は口にこそ出さなかったが、疑心暗鬼だった。

「三吉、離れから唐芋《からいも》を二、三本持ってきてくれ」

三吉は陽《ひ》の当たらない離れの縁側に積まれている木箱の一つから、唐芋を抜き出してきた。

すでに竈《かまど》には大きな蒸籠《せいろう》がかけられていて、俎板の上には、鬱金《うこん》色のかぼちゃの身が、親指ほどの大きさに刻まれて載っている。

季蔵は皮を剝《む》いた唐芋をかぼちゃとほぼ、同じ大きさに切り揃《そろ》えると、湯気の立ち上っている蒸籠に一緒に入れた。

「唐芋も餡にするのね。別々に蒸さないのは、蒸し上がったら、混ぜてしまうからでしょう?」

季蔵が頷くと、

「そうなるとこれは、姉妹餡ね。小豆とかぼちゃよりも、唐芋とかぼちゃの方が、甘いだけじゃなく、口当たりが似てるもの――。美味しいってことは間違いないけど、いったい、どんな味なのかしら?」

この後、おき玖はそわそわと蒸し上がるのを待ち、一方、三吉は、

「練り混ぜるのはおいらにやらせてよ」

得意芸を披露したがった。

三吉が驚いたのは、仕上げに砂糖だけではなく、残してあった白牛酪を加えるよう言われたことで、

「そんなことして、せっかくの味が――」

しきりに案じていたが、出来上がったタルタ餡を一舐《ひとな》めしたとたん、

「あっ、おっ」

あまりの美味さにしばし絶句して、

「おいら、こんな美味い餡、はじめて食ったよ。嗅《か》いだことのない、とろけるようないい匂いがして、濃い味なのに、甘さがあっさりだ」

のけぞりかけた。

こうしてタルタ餡が仕上がった。

季蔵は寝かせてあったタルタ生地を二つに分け、俎板に載せると、一つずつ、ほうとうを打つ要領で麺棒《めんぼう》で伸ばしていく。

一つ目を伸ばし終わったところで、用意してあった、厚みが小指の半分ほどの大皿をひっくり返して、大きな丸の形に型抜きする。

二つ目は、この皿に均等に敷き込み、皿からはみ出した部分を切り取る。その中にタルタ餡を均等に敷き詰めた後、型抜きした一つ目の大きな丸い生地を蓋《ふた》として載せ、水で溶いた卵の黄身を、未使用の房楊枝《ふさようじ》を使ってうっすらと蓋に伸ばす。

竈には蒸籠に代わって大ぶりの鉄鍋が載っていた。

季蔵は鉄鍋の熱さを菜箸《さいばし》で確かめて、よしと決めると、そこへタルタを載せた皿を入れて、ぴったりと鉄の蓋をした。

半刻（約一時間）ほどして、狐《きつね》色の焦げ目がついたタルタが焼き上がった。

焼き上がるまでの間、

「わ、鉄鍋からは餡よりももっといい匂いがする。いい匂いがどんどん強くなってる。おいら、もう、どうしたらいいのか――」

三吉は夢心地であったが、出来上がったタルタを切り分けてもらって、口にすると、

「病みつきそう。饅頭や金鍔《きんつば》が嫌いになったらどうしよう」

しきりに気を揉《も》んだ。

おき玖はというと、

「千代田のお城には、海の向こうから集められた、あたしたちが見たこともない、綺麗で芳《かぐわ》しい花がいっぱいあるんだって聞いてるけど、その花には、きっとこんな香りが似合うんじゃないかと思うのよ。ん、これに合うのは千代田のお城の南蛮花茶に違いないわ」

うっとりと呟くと、ぼーっと目を霞ませた。

この後、三吉は、

「この試したお菓子、冷めるとまた別の美味さだよ、きっと。こうやって、切り分けちゃったんだし、また、おいらたちが試してみなきゃ」

試作の一台目だけは、残しておいてほしいとばかりに、季蔵にすがるような目を向けた。

引き続き二台目、三台目が作られた。

二台目からは流れとコツを覚えた三吉が、要領よく動いて遜色《そんしょく》なく仕上げた。

「タルタは温かいうちも美味しい。五平さんのところへ届けてくれ」

タルタ二台を届けさせることにして、季蔵は三吉を送り出した。

「これ、捨てるの？　もったいない気がするけど」

皿に敷き込んだ際、切り取った生地の残りをおき玖が見つめている。

「クウク（クッキー）にしましょう」

季蔵は集めた生地の残りを、分量の砂糖と一緒に一塊に軽く練ると、また、麺棒で伸ばして、湯呑《ゆの》みの口で丸く型抜きしていった。さらに余った生地は、丸めて、手拭《てぬぐ》いに小麦粉をまぶした湯呑みの底で押して、丸形にする。

――これも御膳番に習った。こんがりと焼き上がったクウクを両袖《そで》に詰めて、〝役得の裾分《すそわ》けだよ、ほれ〟と、わたしの片袖にも、何枚か、差し入れてくれた。あれは有り難く、タルタが口にできない母上と弟にと持ち帰った――

「これで無駄がなくなりました」

再び、鉄鍋を竈にかけて、タルタと同じように蓋をして狐色に焼き上げる。

クウクを囓ったおき玖は、

「風味は変わらないけど、練ったせいか、タルタの皮より固いわね。この固さ、しっとりした、かぼちゃと唐芋の餡とは合わないでしょうけど、これだけで食べるのなら、なかなかオツよ。何だか、なつかしい感じ。そうだ、歯触りが少しだけ、お煎餅《せんべい》に似てるんだわね」

二つ、三つと手を伸ばした。

するとそこへ、

「邪魔をするぞ」

のっしのっしと烏谷 椋十郎《りょうじゅうろう》が入ってきた。

「いいところに来たようだ。極楽にいるようなよき匂いだ。どうやら、わしの鼻も耳同様、自慢にしなければならぬな。地獄鼻と名付けるとするか」

烏谷は冗談めかした物言いをして、からからと笑ったが、季蔵の方を見ているその目には翳《かげ》りと苛立《いらだ》ちが混在していた。

四

――このところ、よく似た目をなさる――

烏谷はクウクを一枚、手にして、

「これとよく似たものを、ずっと前、京屋親子が八百良《やおりょう》に拵えさせて、招待客の我らにも振る舞ってくれたことがあった」

二口、三口で腹に納めると、

「悪くない出来映えだ」

これは何だとばかりにタルタを見ている。

「ところでこれは何だ？」

ちなみに八百良は大身の旗本や大名等のほかに、市中の金持ちや文人墨客《ぶんじんぼっかく》が集《つど》う、江戸屈指の料理屋である。

「タルタと称される南蛮菓子でございます」

「思い出したぞ。京屋は初め、こっちを八百良に頼んだのだが、〝南蛮菓子のタルタなるもの、話には聞いておりますが、どんなものか、皆目見当がつきません。どうか、ご勘弁のほどを〟と断り、〝南蛮煎餅のクウクならば何とか――〟と引き受けたのだそうだった」

「どうぞ、お召し上がりください」

季蔵は三角に切り分けて小皿に取り、菓子楊子を添えて供した。

菓子楊子を使わず、じかに手に取り、ぽいと口に放り込んで堪能《たんのう》した烏谷は、

「もう一つ思い出した。タルタを思いついて、是非にと頼んだのは、京屋の殺された倅正太郎《しょうたろう》だった。正太郎の幼馴染みに唐物《からもの》問屋の倅がいて、そやつが仕事先の長崎で食したタルタを、同行させた店の賄《まかな》い人に作らせ、正太郎に食べさせて、たいそうな自慢をしたのだという話だった。正太郎はこのタルタが好きだった。野辺《のべ》送りが済んだところだが、わしからの供物だと告げて、一つ、これを持って京屋へ届けてくれ」

――お奉行様は早く、京屋や丸高屋を調べろという催促に来られたのだな――

「ならば、これに手を付けなければよかったわね」

おき玖が案じて呟いた。

タルタのうち二台はすでに五平へ届けている。残った一台も皆で食べてしまい半分しか残っていない。

「かまわぬ。切り分けて重箱に詰めればよい」

烏谷はこともなげに言い切り、

「京屋さんにお届けするのに、そんなのでいいのかしら？」

首をかしげたままのおき玖を、

「気は心というではないか」

と言って、重箱を取りに離れへと追い立てた。

二人になったところで、

「桐生紬の切れ端が、あの空き家の天井と梁に貼りついていたそうですね」

季蔵は胸にわだかまっていたものを吐き出した。

「そちも早耳になったものだ」

「地獄耳には敵《かな》いません」

「へらず口も達者になりおった」

「不覚にも、天井と梁の桐生紬には気づきませんでした」

「わしはそちが来る前に、提灯の灯りで照らしてみたぞ」

「知っていて、教えてくださらなかったのですね」

季蔵の口調が知らずと冷えた。

「いや――」

「おっしゃりたいことがわかりません」

「天井と梁の桐生紬はそちがいた時にはなく、奉行所のものたちが調べをはじめてから、豊島《としま》町の岡っ引き平吉《へいきち》が見つけたものだ」

「ならば、あの夜、お奉行様がわたしを送りに出てくれて、戻るまでの間の仕業でしょう。きっと裏木戸から入ったのです」

「おそらくな」

「土蔵の鍵は？」

「うっかり閉め忘れたゆえ、出入りは自由のはずだ。すぐに戻らず、空き家の前庭の岩に腰掛けて、ぷかりぷかりと煙草《タバコ》をふかしながら、定町廻りたちが駆け付けて来るのを待っていた。わしも、このところ、疲れてな――」

うって変わって、烏谷は目をしょぼつかせた。

――お奉行様らしくない――

季蔵は慄然《りつぜん》とした。

――もしや、お奉行様が手ずから、桐生紬を貼り付けていたのでは？　そして、田端様や松次親分に桐生紬の探索をさせないのは、真の下手人をご存じで、事件を攪乱《かくらん》させる目的だったとしたら――

「下手人についてお訊《たず》ねにならないのですか?」

季蔵は惚《とぼ》けているとしか思えない、したたかな烏谷の向こうを張った。

「そちの言うように、裏手から入ってきたというだけでは、どんな奴かの見当などつくまい」

「ただし、下手人の目的はわかります」

「申してみよ」

「殺しの場所に戻ってきて、わざと、長崎屋の土蔵にあったのと同じ桐生紬を残していった下手人は、非力ながら、身の危険をおかしても顧《かえり》みないほど、目立ちたい気質《たち》です」

「まあ、そうだろう」

「しかし、目立ちたいだけが目的だとすると、谷山屋さん殺しの下手人とは符合しません。あちらの桐生紬はカラタチの茂みの中にあったからです」

「何が言いたい?」

「わたしは谷山屋さんの事件と、今回のは下手人が別なのではないかと思います」

季蔵はきっぱりと言い切った。

「だとすると、今回の下手人は谷山屋殺しを真似《まね》ようとしたというのか?」

「はい。桐生紬絡みにしてしまえば、谷山屋さん殺しの下手人が捕らえられた末に、罪を着せることができますから」

この時、珍しく烏谷が無表情で黙り込んだ。

「箱を幾つも開け閉めして、やっと見つけたわよ、会津塗りの逸品重箱。今更《いまさら》、死んだおとっつぁんに恥を掻《か》かせたくありませんからね」

おき玖の上気した顔が勝手口から覗《のぞ》いた。

この後、タルタが切り分けられ、

「一切れは楽しみにしている三吉ちゃんに取っておいてあげたいわ」

おき玖は一切れを除いた五切れほどを重箱に詰めた。

「どうしても、隙間《すきま》、できちゃうわねえ」

「ならばこうせよ」

屈託のない笑顔に戻った烏谷が、意外に器用な手つきで、クウク何枚かでその隙間を埋めた。

「あら、結構、さまになってる。お奉行様は盛りつけがお上手なのですね」

「そうだろう。昔、長次郎にも褒められたことがある」

この重箱を手にして、季蔵は、烏谷と一緒に店を出た。表通りに出ると、

「わしを信じてくれ」

呟いた烏谷はすぐに背を向けた。

大伝馬町にある京屋は、師走ともなると、仕上がってくる晴れ着を得意先に届けに行く、手代《てだい》や小僧たちの出入りで慌ただしかった。

季蔵が烏谷の名を告げて、

「旦那様にお取り次ぎをお願いします」

と頼むと、最初、通されたのは、帳場後ろの小部屋だった。

「旦那様はお忙しいので、てまえがお話をうかがいます」

年配の大番頭に向かい合う羽目になったが、

「旦那様にお話が聞きたいのです。まずはこれをお渡しください。お奉行様のお気持ちです」

タルタとクウクの詰まった重箱を託したところ、

「こちらへおいでください」

季蔵は客間へと招かれた。

「恐縮でございます。倅の好物をお持ちいただき、ありがとうございました。早速、仏壇に上げさせていただきました。くれぐれもお奉行様によろしくお伝えください」

初代に次ぐ出来物《できぶつ》と称されている、白髪の老爺《ろうや》である京屋庄右衛門《しょうえもん》は、言葉とは裏腹に、鷲《わし》のように鋭い目を季蔵に向けた。

「若旦那さんの無念を晴らしたいと思っておられるはずです。気にかかっていたことなどお話しいただけませんか。どんな些細《ささい》なことでもかまいません」

季蔵は水を向けたが、

「倅のことはいなくなった時にお話ししました。正太郎は遅くにやっと出来た跡継ぎで、目の中に入れても痛くないほどでしたが、もう、こうなってしまっては、嫁に出した娘たちのところから、この京屋にふさわしい養子を迎えなければなりません。今はそちらの方が大事です。わたくしどもは所詮《しょせん》、商人《あきんど》、仇討《あだう》ちの許されているお武家様とは違います」

硬直した表情の庄右衛門は乗らなかった。

とりつくしまがないとはこのことなのだろうと、半ば、季蔵が諦めかけたところへ、障子ががらりと音を立て、見ると、お内儀と思われる品のいい大年増《おおどしま》が廊下に立っていた。

「お波奈《はな》」

庄右衛門はあわてたが、

「仏間でお奉行様からの御供物を眺めているうちに、涙が止まらなくなりました。旦那様に叱《しか》られるのを覚悟で、ここまで押しかけてしまいました。お願いでございます。どうか、あの子の命を奪った奴をお縄にして、獄門に送ってほしいと、お奉行様にお伝えくださ い」

膝をついたお波奈は、季蔵に向かって、深々と頭を下げた。

五

「お波奈、おまえはそこまで」

目を瞬かせた庄右衛門は妻に躙《にじ》り寄ると、

「あなた、あのことと関わって、正太郎は殺されたに違いありません。ですから、どうか、もう隠さずにお話しなさってください」

　お波奈は夫に話を促した。

「しかし――」

「隠し通したというのに、正太郎は生きて戻してもらえなかったではありませんか？」

「たしかに、そうだが――」

「わたしは今、ここで、多少の世間体を取り繕《つくろ》うよりも、殺された正太郎の無念を晴らしてやりたいのです」

「わかった」

　庄右衛門はお波奈を客間に招き入れ、障子を閉めると、季蔵の方に向き直った。

「実は、まだ、どなたにもお話ししていないことがございます」

　覚悟を決めた様子で告げた。

「どうか、お聞かせください」

　季蔵は促した。

「正太郎がいなくなった時、何度も、金をよこせという文が届けられていないか、お役人様方に訊かれました。文こそ、届いてはおりませんでしたが、蔵から三百両もの金が消えてなくなっていたのです。このことはお話しいたしませんでした」

「正太郎さんが持ち出したとお考えになった――」

「ええ、いなくなる前の日、大番頭が正太郎に蔵の鍵を渡していることがわかりましたから」

「正太郎さんが悪い仲間に誘い入れられたと思われたのですね」

「その通りです。ですが、正太郎まで一緒に行方《ゆきがた》知れずになったのは、相応の理由《わけ》があると思いました。正太郎が唆《そそのか》されて、持ち出した金なぞ、飲む、打つ、買うで、悪い仲間たちは、あっという間に使い果たしてしまうはずです」

「さらなる欲を出してくると判断なさった」

「はい。正太郎を人質にして、仲間が身代金を出せと、脅してくるものとばかり思っておりました」

「その時に、密《ひそ》かに金子《きんす》を渡し、正太郎さんを取り戻すおつもりだったのですね」

「愚かな親心でございました」

庄右衛門とお波奈は揃ってうなだれた。

「たしかにこれは得心のいかない結末でしょう」

季蔵はお波奈の方を見た。

大きく頷いたお波奈は、

「正太郎が悪い仲間に加わっていたという話も、わたしには得心が行きません。あの子は幼い時から、生真面目《きまじめ》なだけではなく、わたしたちにも奉公人たちにも思いやり深く、何より、心がまっすぐだったはずです。道にいる犬を捕まえて、平気で打つような、ごろつきたちの仲間入りをしていたなんて、とても信じられません。この京屋の跡継ぎ息子が、人から後ろ指を指される身だったなんてこと、あるわけないんです」

激しい口調で言い切ると、

「あ、今、あの子の声がした。帰ってきた」

虚《うつ》ろな目でふらりと立ち上がった。

「誰か――」

廊下に出た庄右衛門は人を呼び、駆け付けてきた大番頭と女中頭《がしら》に、

「すぐに部屋に床《とこ》をとって、お波奈に先生からいただいている、気を休める薬を煎《せん》じて飲ませてやってくれ」

妻を預けた。

「お内儀さん、さあ、こちらへ」

女中頭はお波奈の手を取った。

「あたしは、たしかに正太郎の声を聞いたわ。本当よ、嘘じゃない。あの子は帰ってくる、帰ってくるに決まってる」

お波奈が、邪険に女中頭の手を振り払おうとすると、

「お内儀さんのおっしゃりたいことは、重々わかっております。でも、先ほどの音はきっと風の音です。今日は風が強うございますからね。お疲れなのですよ。どうか、今はお休みになって、一眠りしてください」

大番頭が言い聞かせて、先に立って廊下を歩き始めた。

三人の足音が聞こえなくなるのを待って、

「どうやら、こちらが、なくなった蔵の金子の一件を伏せた理由は、身代金の請求を待っていたからだけのことではなさそうですね」

庄右衛門は話を続けた。

「先ほどのお波奈の剣幕をごらんになったでしょう？　土蔵から金が消えた時もあのような様子と物言いで――。ああして、女親のお波奈は、正太郎が子どもだった時のように、いつまでも、無垢《むく》な子どもであると信じたいのです。それがわかっていたわたしは、お波奈の思い詰めた心を守るためにも、親の金とはいえ、正太郎がしでかした盗っ人まがいの事実を、お役人様方に話すことができなかったんです。子どもも大きくなれば、親の意に添わないことも、一つや二つは、しでかすものだとわたしの方は覚悟していましたが、正直、ここまでのことは考えにありませんでした」

「覚悟を決めておられたからには、お内儀さんに告げることのできない、大人の秘密が正太郎さんにあったのでしょうか？」

「男の子を持つ男親の常で、いずれ、時が来れば止《や》むとわかっている、年頃になった男特有の熱病を見過ごしてきただけです」

「見過ごしていた場所はおわかりでしたか？」

――正太郎さんの神隠しと殺しは色里に関わってのものかもしれない――

「はて、そこまでは――」

庄右衛門が首を捻《ひね》ったところへ、大番頭が戻ってきた。

「お内儀さんはお着替えがおありのようなので、後は任せました。だいぶ落ち着かれた御様子です」

「そうだ、おまえなら、知っているだろう？　正太郎にやる遊びの金はおまえが差配していたはずだ」

庄右衛門は大番頭を問い詰めると、

「申しわけございません」

相手は畳の上に平たくなって、

「気にはなっておりました。けれども、何度お聞きしても答えていただけず、ついには、〝おとっつぁんに訊けと言われているのだろうけど、場所まで知られたら、見張られているようで、うんざりして遊びが楽しくなくなる。第一、心配させるほどの金遣いではないだろうに〟とまでおっしゃいました。たしかに使う金子の額はそれほどでもなく、吉原の花魁《おいらん》に入れ上げているとも思えなかったので、これ以上は、お訊ねせず、旦那様にも何も申し上げませんでした。けれども、思えば、あの時、若旦那様に知られずに後を尾行《つけ》て、場所を突き止めておくこともできたんです。返す返すも申しわけございません」

顔を三寸ほど上げては畳に擦《す》りつける仕種《しぐさ》を繰り返した。

「どなたか、正太郎さんとつきあいがあって、その場所を知っている方の心当たりはありませんか？」

季蔵は大番頭に訊かずにはいられなかった。

「そうですねえ――」

顔を上げた大番頭は、冷や汗を拭って、曖昧《あいまい》な返事をした後、

「もしかして、豊島町の平吉親分のところの祐太《ゆうた》なら、知ってるかもしれませんが――」

困惑した面持ちで主の顔を見上げた。

――豊島町の平吉親分？　聞いた名だな。そうだ、あれだ――

正太郎が殺されていた空き家の土蔵で、天井と梁に桐生紬の端切れを見つけたのが、豊島町の岡っ引き平吉であった。

――これはもしや――

「祐太さんの住まいはおわかりですか？」

季蔵は返ってくる答えを期待せずに聞いた。

市中の商家では、岡っ引きへの待遇は、定町廻り同心等の奉行所役人に比べて低く、親分でもない下っ引きとなると、おして知るべしであった。

ところが、

「それなら、大和《やまと》町代地の次郎長屋ですよ」

あろうことか、庄右衛門が言い切り、

「何年か前に、流行風邪《はやりかぜ》で亡くなった祐太の母親は、正太郎の乳母《うば》でした。同い年の二人は乳兄弟《ちきょうだい》なんですよ。母親と祐太には、正太郎が乳離れするまで、ここで一緒に暮らして

もらいました。男の兄弟のいない正太郎は、一月だけ早く産まれた祐太を兄のように慕っていました」

と続けた。

――なるほど、祐太さんと京屋の人たちは、特別な間柄だったのか――

――だとすると――

「なくなった蔵の金について、正太郎さんが持ち出したのではないかと告げたのは、祐太さんだったのではありませんか？」

「その通りです。正太郎がいなくなって、すぐ、駆け付けてきた祐太の口から、悪い仲間とのつきあいや、蔵の金の盗みについて聞いたお波奈は、烈火のごとく怒り出して、とうとう、祐太を出入り禁止にしてしまいました。祐太は真実が正太郎探しの手掛かりになると信じて、報せてくれたのだと思います。長きにわたり、母子ともに身内同然の親しさだったけに、残念な成りゆきでした。わたしたちは失うばかりで――」

肩をすぼめた庄右衛門は、傷心を隠し切れずにいた。

六

季蔵は仏間で新仏《にいぼとけ》の位牌に手を合わせてから、京屋を後にした。

木原店の店を出てきた時には、まだ充分陽が射していたというのに、一刻と経たないうちにあたりは闇に包まれている。

頬がひやっと冷たく、寒さがことさら身に染みると感じて、空を見上げると、ちらちらと小雪が降り落ちてきていた。

――今頃、お嬢さんはきっと燗酒を熱くしていることだろうが――

風薬尽くしことねぎ尽くしの全部を試作していないのが悔やまれた。

――ねぎ尽くしが師走いっぱいの品書きとはいえ、白髪ねぎ飯や鶏と千住ねぎの叩き串、九条ねぎのおひたしや千住ねぎと烏賊《いか》のぬたが、いくら美味くても、こればかり、続きすぎると飽きられてしまう――

次郎長屋の木戸を入った。

正面奥に石の狐が赤い前掛けをつけて座っている。京屋の大番頭が言った通り、強い風は夜になっても収まらず、狐の後ろのアオキの木々がざわざわと葉を鳴らしていた。

――こういう夜は、あまりいい気分のものではないな――

冬場、強風の日に案じられるのは火事であった。

「おや、今日は夕餉の煮炊きはしないのかい？」

左手の路地から女の声がした。

「亭主や子どもには、煮売り屋の余り物で我慢してもらうことにしたのさ。こんな日、うっかり、火事でも出したら首が飛ぶからね」

もう一人が応えた。

季蔵は二人に近寄ると、祐太の住まいを聞いた。

「その先の角だよ」

「あ、祐太さんで思い出した。あの人は何年か前の米沢町あたりの火事の時、火消し顔負けの働きをしたんだってね。火事に乗じて、盗っ人を働いたり、有り金を持って、逃げまどう人たちを襲ったりする、悪い連中から、たくさんの人たちを助けたって話だ」

「へえ、また、そりゃあ、感心な話だ」

「だから、ここもいざという時、祐太さんがいてくれて安心だよ」

「それより、火事が出ないことが何よりじゃないか」

まだまだおかみさんたちの立ち話は続きそうだった。

季蔵は祐太の長屋の前に立った。

滅多に陽の射さない典型的な棟割《むねわ》りである。

「祐太さん」

油障子の前で声を掛けたが、応えはなく、

「やーっ、とおーっ」

剣の稽古の気合いが長屋の裏手から聞こえた。

「祐太さーん」

声を張り上げると、

「こっちだ。角を左に曲がって来てくれ」

向こうも大声を出した。

一瞬途切れていた、「やーっ、とおーっ」がまた始まった。

季蔵が言われた通りに角を曲がると、年の頃二十二、三歳の祐太と思われる長身の若者が、両肌《もろはだ》を脱いだ姿で木刀を手にし、宙に振り下ろし続けている。

祐太の吐く息は白く、「やーっ、とおーっ」の声と強風が相俟《あいま》って、宙やあたりの木々を、びりびりと揺り動かしているかのようだった。並々ならぬ気迫が感じられる。

「日本橋は木原店の一膳飯屋塩梅屋の主季蔵と申します。京屋さんから、若旦那と親しかったあなたのお住まいを聞いてまいりました。お尋ねしたいことがあります」

「わかったよ」

木刀を振るのを止めた祐太は、やや荒い息遣いのまま、汗を拭くと着物を着て、こちらに歩いてくると、季蔵の前を通り過ぎ、

「入《へえ》ってくんな」

油障子を開けて、季蔵を振り返った。

「茶も酒も切らしてるんで、これしかねえんだが」

祐太は白湯《さゆ》を出し、

「悪いが俺は飯を食うぜ。あんたの分はねえよ。もっとも、飯といったって、朝炊いた冷や飯にこれまた、朝の残りの味噌汁をぶっかけるだけだが」

「どうぞ、召し上がってください」

杓文字《しゃもじ》を手にした祐太は、釜から飯を椀によそうと、鍋の味噌汁をかけて、ざざっと二

膳平らげた。

「ところで話って何だい？」

「実は京屋さんから、亡くなった息子さんの供養の膳をお願いされているのです」

季蔵は方便を口にした。

「よりによって、あんたのところへかい？」

祐太は訝《いぶか》しげな顔をして、

「こんな暮らしをしてる俺が言うんだから、気を悪くしてもらっちゃ困るが、京屋さんが、息子の供養膳を、名もない一膳飯屋に任せるだろうかってな――」

探るような目を向けてきた。

「京屋の旦那様とは、先代が風呂屋の二階で知り合った碁仲間だったのだと、はじめて知らされました。存じていれば、お通夜や野辺送りに参じたのですが――」

――下っ引きの祐太さんは、正太郎さんを殺した下手人を捕まえたい一心に、通夜や弔いの客に目を光らせていたはずだ――

「それで通夜や弔いでも、あんたを見かけなかったんだな」

「あなたと正太郎さんは乳兄弟で、たいそう親しかったと聞いています。好物もご存じでは？」

「たしかにずっと仲良くしてたが、一緒に京屋で育ったのは二年ほどで、後は別々に住んでる。好物なら、一日中、顔を合わせてるお内儀さんや、賄いの連中の方がよほどくわしいんじゃねえのかい？」

「小さい時からの好みは、店の皆さんから聞きました。京屋の旦那様がわたしに拵《こしら》えるようにとおっしゃっているのは、それ以外の食べものです。家の外で好んでいたものを是非、供養膳に載せて、さらなる供養をなさりたいとのことでした」

「それなら、正太郎さんとつきあいのあった、大店の若旦那たちを当たることだよ。そいつらは食通だから、八百良をはじめとする、こちとらは想像もつかねえ、贅沢三昧《ぜいたくざんまい》を、〝これも好きだった、あれも好きだった〟と教えてくれるだろう。俺なんかに聞きに来るのはおかどちがいだ」

祐太は苦笑した。

「実は、つきあいのあったのは、大店の若旦那様たちだけではなかったと聞いています」

季蔵はじっと祐太を見据えた。

「まさか、あんた――」

驚いた様子の祐太は、

「正太郎さんがいなくなった時のことを聞いたんだな」

念を押してきた。

「ええ」

頷いた季蔵が核心に触れると、

「旦那様は、〝もう、こうなっては、正太郎について、どんなことでもいいから知っておきたい。正太郎が好きだった食べものは、残らず供えたい〟とおっしゃっておいでなのです。正太郎さんは屋台などの町中の食べものでは、いったい、何がお好みだったんです？」

「そう言われても俺は――」

「悪い仲間とつきあいのあることを知っていたあなたが、知らないわけはないと思いますが」

「ごろつき連中とのつきあいを知ってたからって、そいつらと何を食ってたかまでは知らねえよ。俺は口をすっぱくして、正太郎には止《よ》すよう諭《さと》したんだ。それがとんだ深みに嵌《はま》っちまって、あんなことに」

祐太の言葉の語尾が掠れて、

「口惜しいよ」

ぽつりと呟いた後、

「正太郎がいなくなった時、このことを報せて、お内儀さんを悲しませ、以来、出入り禁止になったが、恨んじゃいねえよ。俺が悪かったんだ。もっと前に旦那様やお内儀さんに報せていれば――」

言葉を詰まらせた祐太は立ち上がると、再び木刀を手にして、がらりと油障子を開けた。

「夜稽古ですか」

「同じようにお上の御用を務めてても、刀は同心の旦那方のものだ。十手《じって》だって自前だ。それが癪《しゃく》でさ、ほんとは負けてねえんだって思いたくて、道場通いを始めたんだ。もう、かれこれ、五年になる。今みてえに、たまらない気持ちになった時は、いいもんだぜ、雪も寒さも稽古も――」

そう言って、裏手へと歩いて行こうとした祐太は、

「悪い奴らと食ってたもんは知らねえが、正太郎には、ここで、ねぎ焼きを作ってもらったことがあった。去年の今時分じゃなかったかな。うちじゃ、米櫃《こめびつ》が空っけつで粉と醤油しかなくてな。遊びに来てた正太郎が、上方に行ってた友達に教わったんだと言って、そいつを作ってくれた。〝祐太さん、値の張るものだけが美味いわけじゃないんだよ〟なんて、聞いた風なことを抜かしてたっけ。ようは、刻んだねぎに粉を混ぜて、鉄鍋に伸ばして丸く焼くだけの代物さ。味付けは醤油だけ。真似て作ったことがあるんだが、そん時、醤油をきらしてたんで、代わりに塩をぱらぱら。これも案外いけたよ」

精一杯明るい声を出した。

七

最後に季蔵は、

「話を元に戻させていただいて、正太郎さんがつきあっていた悪い仲間の見当はついているのですか？」

訊かずにはいられなかったが、

「ついてたら、平吉親分に報せて、とっくにお縄にしてるよ。悪い仲間の話は噂で聞いた

だけだ。正太郎を問い詰めて、連中の顔《つら》が分かったら、〝もう、決して、京屋の若旦那には近づくな〟と脅しておくんだった——。何で俺はそうしなかったんだ」

祐太は拳《こぶし》を自分に向けて突き出した。

季蔵が次郎長屋から塩梅屋に帰り着くと、すでに履物屋の隠居喜平《きへい》、大工の辰吉《たつきち》、指物《さしもの》師の婿養子勝二《かつじ》が顔を並べていた。

「やっと帰ってきたか」

喜平は惜しみ惜しみ、九条ねぎのおひたしを箸で摘《つま》んでいる。

辰吉は出来上がった赤い顔で、鶏とねぎの叩き串を手にしている。

「これは酒によく合うぜ」

「白髪ねぎ飯、美味しいんですけど、あれ食っちまうと、後、何も入らなくなるんで、今日はまだ頼んでないんです」

勝二はぐうと鳴りかけた腹をあわてて押さえた。

「皆さん、風薬尽くしの続きを待ってるんだよ」

戸口から入ってきた季蔵を見た三吉は、ほっと肩で息をついた。

「なーんとなく、まだか、まだかって、おいらまで、急《せ》かされてるみたいでさ、責められてる気までしてきて、身の置き所がなかったよ」

三吉は季蔵の耳元で囁《ささや》いた。

「不自由をおかけしました」

三吉に代わって包丁を握った季蔵は、七輪に火を熾させて、ねぎの黒焼きを作った。黒焼きに使うねぎは千住ねぎよりも太くて、甘みのある深谷ねぎである。これを一寸五分（約四・五センチ）ほどの長さに切り、じっくりと炭火で真っ黒に焼き上げ、甘味噌を添える。

四角い中皿に黒焼きを二列に並べ、残っていた青く大きな葉で彩《いろど》る。

寒さに弱い九条ねぎを育てている良効堂の薬草園では、ねぎ畠《ばたけ》に襖《ふすま》で寒さ除けの囲いをする。そのおかげで、届けられてくるどのねぎも葉枯れがなかった。

「どうぞ」

季蔵は喜平に勧めた。

「これを食えというのか？」

喜平は目を剝いて、

「焦げたねぎに、江戸っ子は滅多に食わないねぎの葉。季蔵さん、この犬も食わない料理は何かの洒落かい？　それとも、わしのようなうるさい客には、金輪際、敷居を跨《また》いでほしくないってえ、嫌がらせなのかい？」

季蔵ではなく、おき玖の方を見た。

「そんなこと、あるわけないじゃないですか」

おき玖はおろおろして、季蔵に助けをもとめた。

「洒落でも嫌がらせでもありません。黒く焦げた皮を剝いて、白い茎だけを、甘味噌に付けて、召し上がってみてください」

それでも、うーむと唸《うな》ったまま、喜平は腕組みをして箸を取ろうとしない。

「ご隠居は頑固でいけねえな」

酔いが回っている辰吉が箸を伸ばしたが、黒い皮ごと、がぶりと齧《かじ》りつき、

「何だ、こりゃあ?」

顔をしかめてやっと呑み込んだ。

「皮、剝いて、甘味噌付けるようにって季蔵さんが言ってるじゃないですか」

勝二は指物師らしい器用な手つきで、綺麗に焦げた皮を剝《は》ぎ取ると、つやつやした白い茎にたっぷりと甘味噌をつけて味わった。

「とろけるようです。ねぎの皮を焦がして、旨味を封じ込めてるんですね」

勝二に相づちをもとめられて、季蔵は笑顔で頷いた。

「ほんとうかい?」

喜平が倣《なら》って、

「不味《まず》そうに見せておいて、本当はとびっきり美味い。やっぱり、わしが見通した通り、洒落だったんだな」

ほっとした表情になった。

「どれどれ――」

遅れまいとばかりに辰吉も皮を剝きはじめたが、

「辰吉さん、甘味噌を付けるのを忘れてますよ」

勝二に指摘されると、

「なに、わざと付けなかったまでのことよ。ここまで甘いと甘味噌はいらねえ」

飾りで添えてあった、大きな生の葉を千切ると、甘味噌を付けて、ばりばりと音を立てた。

「それも悪かないかもしれんな」

喜平も真似をして、

「甘味噌は葉に限らず、生のねぎに合うはずだ」

一つ咳払《せきばら》いをした。

「さすがです」

季蔵はまた笑顔を向けた。

「黒い皮を剥いた白い茎にだって、合うと思いますけど——」

勝二が呟くと、

「それはおまえさんがまだ若いからだよ。年齢《とし》を重ねると、素の味の良さがなつかしいもんだ」

喜平は辰吉に最後の一葉、黒焼きの一切れを譲ろうと箸を止めたが、

「一緒にしてもらっちゃ困る。俺はまだ死に損ないじゃないんだからな」

悪態をつきながら、辰吉は自分の箸で葉や黒焼きを、喜平の方へと押しやった。

続いては天麩羅で、鍋の胡麻《ごま》油が匂い立ち始めると、三人は早くも歓声を上げた。揃って、天麩羅好きだったからである。

季蔵は深谷ねぎと九条ねぎ、二種の天麩羅を揚げた。

深谷ねぎの茎を三寸弱（八センチ）ほどに切って衣《ころも》を付けて揚げる。このねぎの生の葉がさっき好評だったので、また、盛りつけの飾りにも使ってみた。おき玖がいそいそと、甘味噌の入った嘗《な》め壺《つぼ》を三人の前に置いた。

一方、九条ねぎの海鮮かき揚げは、そぎ切りにしたねぎの葉に小麦粉と水だけではなく、小海老《こえび》や刻んだ烏賊を混ぜて、丸く平たい形に伸ばして揚げ、大皿に盛りつけて四等分する。

「お、薬味が違うね」

辰吉の目が光った。

深谷ねぎの天麩羅の薬味は塩だが、九条ねぎの海鮮かき揚げの方には、大根下ろしが添えられている。

「天麩羅は、黒焼き同様、ねぎの旨味を封じ込める料理です。素の旨味が際立つので、深谷ねぎの方は思いきって、塩だけで、持ち合わせている甘みをさらに引き出そうとしました。九条ねぎの方は風味が旨味より勝っていて、海老や烏賊を引き立ててもいるので、大根下ろしを添えて、さっぱりとしていながらも、深みのある味に仕上げたかったのです」

各々の天麩羅と海鮮かき揚げを味わった喜平は、

「深谷ねぎの天麩羅の美味さやねぎの甘さは、すっきり、はっきりわかりやすい江戸流で、九条ねぎの海鮮揚げときたら、まさに、奥の深い上方流だね」

しみじみと洩らし、

「俺はごちゃごちゃした海鮮かき揚げなんかより、天麩羅の方がいい、江戸が一番だ」

辰吉は言い切り、

「女、子どもは海鮮かき揚げが好きだろうな。冷めても美味しいし」

勝二は皿に残った大きな一切れをじっと見つめた。

「坊主の土産《みやげ》に包んでやってくれ」

喜平が気をきかせた。

季蔵が竹皮で包んでいると、

「東男《あずまおとこ》に京女なんていうたとえもあるくらいだから、天麩羅は男で海鮮かき揚げは女ってところかもしれませんね。だとすると、今日のは男女揃った夫婦《めおと》揚げ——」

ふと勝二が洩らした。

これを聞いた季蔵は、

——正太郎さんは、ただ、悪い仲間とつるんでいただけなのだろうか？——

気になってならず、

「悪い仲間と親しくしていた若旦那が、家から金を持ち出して、姿をくらますような時、本当は何が起きているものなのでしょうか？」

思わず口が滑った。

「それ、知り合いの相談事かい？」

喜平が得意満面で話に乗ってきた。

「ええ、まあ、そんなところです」

「両親《ふたおや》はさぞかし気落ちしてることだろうな」

「それはもう――」

「だったら、草の根を分けても、捜しだして、相手がどんなに気に入らなくても、駆け落ちするほど好きな女と一緒にさせてやることだよ」

「駆け落ちだとおっしゃるんですか？　悪い仲間がいたのですよ」

季蔵はいささか鼻白《はなじろ》んだ。

「悪い仲間も男とは限らないだろうよ。何歩か譲って、仲間の中に、悪女とわかっていても、惚れずにはいられない、目も眩《くら》むようないい女がいたってことだってある」

――これは盲点だった――

「なるほどねえ」

季蔵は高ぶる気持ちを押さえて、この日のシメの九条ねぎ飯に取りかかった。

これは、土鍋に出汁《だし》とじゃこを煮立て、白いご飯と、胡麻油で炒《いた》めた微塵《みじん》切りの九条ねぎを加えて仕上げる。

九条ねぎを微塵に切り続ける季蔵の頭に、今川橋の近くの空き家の土蔵の壁に付いていた木の棒の痕とその高さが、くっきりと浮かび上がっている。
——女でも出来ることか？——
この時、烏谷がそう洩らしていたことも思い出していた。

第四話　初春《はつはる》めし

一

翌日の昼過ぎて、船頭の豪助《ごうすけ》がひょいと塩梅屋《あんばいや》に立ち寄った。

漬物が得意なおしんと所帯を持ち、子宝にも恵まれた豪助は、以前のようにはここへ足を向けなくなっている。

「あら、珍しい」

おき玖《く》が微笑《ほほえ》んで、

「坊やは元気？　風邪《かぜ》引かない？」

「俺とおしんの子だ。元気じゃねえわけない。それより、腹が減ってる」

豪助は厨《くりや》の中を見回した。

「鶏団子うどんなら――」

早速、稲庭うどんを茹《ゆ》でにかかった三吉《さんきち》に、

「そいつは勘弁」

手を横に振って見せて、ごほごほと急に咳《せき》をして見せた。

「風邪は親の方みてえだ」

「それは、いけない」

ここで季蔵《としぞう》が初めて口を開いた。

「じゃあ、あれじゃない？」

おき玖が案じると、

「そうさ、あれを食わしてくれ」

豪助は間髪《かんはつ》を容《い》れずに言った。

「でも、あれってわかってるの？」

「風薬《ふうやく》尽くしこと、ねぎ尽くしは鶏団子うどんと並んで、ちょいと評判になってるぜ」

「声は嗄《か》れていないし、咳はもう出ないようだが――」

季蔵が苦笑すると、

「実はおしんがどうしても、風薬尽くしを食べさせてもらってこいっていうもんだから。おしんの茶店もさ、冬場は漬物鮨《ずし》だけじゃ、今一つなんだよ」

商売熱心なおしんは、以前にも、塩梅屋の料理を自分の店用に工夫して出したことがある。

「さすが、おしんさん。でも、風薬尽くしは一膳飯屋にこそぴったりで、茶店に、あっとびっくりの黒焼きや、鶏使いのもの、天麩羅やおひたしやぬたなんかは似合わないわよね」

　おき玖が相づちをもとめると、

「茶店にも、あたたかい一品があってもいいな。ねぎじゃこ飯なんてどうだろう?」

　季蔵は九条ねぎ飯を作る要領で、九条の代わりに千住ねぎを使い、じゃこ入りの土鍋の出汁《だし》の中で、白い飯と炒《いた》めたねぎが混ざったところで、溶き卵をまわしかけた。

「卵とじとは考えたものね。九条ねぎは、普通、手に入ることなんてないんだから、たいていは、千住ねぎを使うしかないんだろうけど、そうすると、甘みや緑の彩《いろどり》がなくなって、白いねぎとじゃこばかりの見た目も味気ない。それで、ぱっと黄色の卵を思いついたんでしょう?」

　季蔵はにっこりとし、おき玖はさらに続けた。

「ふわふわ、ふんわり浮いてる様子、ほんとにお陽様《ひさま》みたいであったかじゃないの。寒さ続きでかじかんでる、お客さんたちの心や身体も和《なご》むこと請け合いよ。これ、きっと茶屋みよしの冬一番の看板になるわよ」

　一方、豪助はふうふうと息を吹きかけながら、ねぎじゃこ飯を平らげた。

「それじゃ、俺、この料理のこと、早く、待ってるおしんに話してやんなきゃなんねえから、これで――」

　立ち上がった豪助だったが、

「いけねえ」

ごつんと自分の頭を拳《こぶし》で叩いて、

「腹が減り過ぎてて、作り方を見てなかったぜ」

「そんなの、覚えるまでもないことじゃないの、まずはご飯を炊いておいてそれで――」

続けようとするおき玖を遮《さえぎ》って、

「兄貴の料理は兄貴に聞かねえと」

「それはそうだわね。ごめんなさい、あたし、はしゃぎすぎたわ」

おき玖は決まり悪い顔で口をつぐんだ。

「ちょっと送っていく。その間に教えるから、ちゃんと頭に叩き込んでくれ」

季蔵は豪助を促して戸口へと向かった。

「話、あるんだろう?」

歩き出すと、すぐに豪助が切り出した。

「いろいろ考えてみたが、当てはおまえしかなくて、明日あたり、みよしへ行こうかと思っていたところだった」

豪助は、整った顔立ちと、小柄ながら野性味溢《あふ》れる引き締まった身体つきの二枚目である。

おしんと所帯を持つまでは、町娘たちの人気の的であっただけではなく、茶屋美人にうつつを抜かして、足しげく水茶屋に通い続けていた。

――女について聞くとなると、喜平《きへい》さんのほかは豪助だ――

「店じゃ、話しにくいことのようだった。あの筋かい？」

主家を出奔《しゅっぽん》した季蔵が乗った舟の船頭が豪助であった。

季蔵が塩梅屋に落ち着いて後、再会して、烏谷《からすだに》に頼まれた主家鷲尾《わしお》家の粛清にも一役買ってくれた。

この時、季蔵が料理人として極悪人鷲尾影守《かげもり》の雪見舟に乗り合わせると知ると、一つ間違えば、季蔵ともども命を失いかねないというのに、船頭を務めて、最後まで決死の思いで舟を漕ぎ続けたのが、ほかならない豪助だったのである。

おそらく豪助は、烏谷との季蔵のわけありの生き様にも気づいているはずだった。

「実は――」

季蔵は昨夜、喜平たちに聞いた話をもう一度繰り返した。

「俺も女が絡んでると思うね。若い男が普通じゃ考えられねえことをしでかす理由《わけ》は、色恋に決まってる。けど、相手が悪い女かどうかまではわかんねえな。当人が金を持ち逃げするまで、大番頭が気づいてねえっていうんだから。贅沢《ぜいたく》好きな悪い女だったら、あれ欲しい、これ欲しいで、それまでに、さんざん世間知らずの若旦那を毟《むし》ってたはずだ」

「どんな女が考えられる？」

「大番頭が言ってる通り、吉原の花魁《おいらん》ねらいじゃあ、なさそうだな」

「それだけか？」

「名前を聞いてねえんだぜ」

「そうだったな」

季蔵は初めて、京屋正太郎《きょうやしょうたろう》の名を口にした。

「あの神隠しに遭った後、殺されちまった若旦那のことだったのか。そいつのことなら――」

豪助は大きく目を瞠《みは》った。

「おい、知っているのか？」

季蔵は畳み込んだ。

「ああ、知り合いの水茶屋の女将《おかみ》から相談を受けた」

「話してみてくれ」

季蔵は歩みを止め、豪助もそれに倣《なら》った。

「ここだけの話だよ」

「もちろんだ」

「どこも水茶屋の二階は便利に使われている。人に聞かれたくない話をする連中もいるが、茶屋娘とよろしくやりたい奴も多い。表向き、京屋の若旦那はその口だった」

「表向きとはどういうことだ？」

「相手はその店の茶屋娘じゃなかったってことさ。ある日、身なりのいい、男ぶりもそこそこの若い男が女将に、この店の茶屋娘お柳《りゅう》を二階に呼びたいと言ってきたそうだ。女将がてっきりとそういうことだと思い込むと、〝わたしが二階で過ごす間、表向きはお柳さんといたことにしてください〟と続け、〝ここは勝手口から上れる階段があって便利ですね。連れが人と顔を合わせることなく、入ってこられるので助かりますよ〟と頼んで、毎回、過分な茶菓代を払っていたんだそうだ。おかげで、女将もいい稼ぎになったし、若旦那が連れと二階に上がっている間、休みをとれるお柳も汁粉《しるこ》や餅菓子を食べ歩くなど、楽しい思いができて、何一つ、問題はなかった。半年ほどして、天下祭りの時、階段を上っていた男が手拭《てぬぐ》いを落とした。連れが帰った後、京屋と染め抜かれていた、拾った手拭いを返してやると、真っ青になった男は、〝どうか、このことは、秘密にしてください。これが知れたら、おとっつぁんはどんなにか、京屋の行く末を案じることか――。おっかさんは急な病で死んでしまうかもしれない。お願いです、どうか、どうか、内密に〟と言って、手を合わせたんで、そいつが京屋の若旦那だとわかったそうだよ。もちろん、この時以来、若旦那の払う茶菓代は増えた」

「その女将の相談事は秘密の深刻さに気づきながら、欲得優先で、ことが起きるまで、京屋に報《しら》せなかった良心の呵責《かしやく》か？」

「それも多少はあるだろうけど、京屋の若旦那殺しともなれば、奉行所の調べが半端じゃねえだろうから、自分のところが突き止められたら、どうしようってね。二階を貸しさえしなきゃ、倅《せがれ》が殺されずにすんだのになんて、京屋が言い出したら、店を畳まされて、女将だって無事じゃすまなくなるかもしんねえだろうが――。奉行所なんてもんは、相手が金持ちだと、馬鹿裁きだってしかねねえだろう？　案じる女将はろくろく夜も眠れねえようだったけど、俺は〝その時はその時なんだから、酒でも飲んでまずは寝ちまうことだ〟って言ってやったよ」

「連れの顔を見た人は？」

「女将も気になって奉公人たちに訊《き》いてはみたそうだが、誰も一目も見ちゃいなかったそうだ」

――正体不明のその連れというのが、正太郎さんを手に掛けた張本人なのだろうか？　前科のあるような悪女の極みだとしたら、もしや、盗賊の一味？　いや、ちがう、もし、そうだとしたら、正太郎さんに手引きさせて、京屋の蔵を空にしているはずだ――

季蔵は知らずと頭を抱えていた。

二

それから何日か過ぎた早朝、空がやっと白み始めた頃、飯を炊いてねぎの味噌汁で朝餉《あさげ》を摂《と》っていた季蔵は、

「おたきさんも難儀なことに――」

「年寄りの冷や水だよ」

「そんな言い方はないだろう？　深川に住んでる可愛《かわい》い孫のためなんだから」

家の外から聞こえてくる、隣近所の声に驚いて、自分のところの油障子を開けた。

「何か、あったのですか？」

狭い路地の井戸端には、相長屋《あい》のかみさんたちが集まっている。

「あったも、なかったかも、あんた、あのおたき婆さんが、陽徳神社《はるとくじんじゃ》へ百段参りに行って、ここへ帰り着いたとたん、腰が抜けて動けなくなっちまったんだよ。仕方ないから、みんなで運んで、寝かしたところ。しばらくはあたしたちで、めんどうを見てやんなきゃなんない」

「わたしも見舞わせていただきます」

季蔵は炊きたての飯と、温めた味噌汁を盆に載せて、おたきのところを訪ねた。

「お加減はいかがですか？」

おたきは半白《はんぱく》の髷《まげ》の乱れに手をやりつつ、

「季蔵さんまで――すみませんねえ」

上半身を起こそうとしたが、全く無理とわかり、顔だけ季蔵に向けた。

「あたしに度胸がないもんだから、こんなことになって。もう、息が出来ないほど怖くて怖くて、どうしようかと思って――。ああ、でも、幽霊を見たなんてのじゃあないんだよ」

「誰かに襲われたのですか？」

「こんな長屋住まいの年寄りを狙《ねら》う追《お》い剝《は》ぎなんていないよ。見たのは――見たのは――」

真冬だというのに、おたきの額に脂汗が滲《にじ》んだ。

「何を見たんです？　思い切って言ってください。それを口に出さないと、怖さが続いてしまいますよ」

「いつもの石段を上がろうとしたら、わ、若い女が倒れてたんだ。見えたのは、ま、髷だけで。か、顔は見なかったが、く、首ががくっとなってて、い、息をしていないように見えて、死んでるんだと思うと、もう、やみくもに怖くて怖くて、その場を逃げ出したんだ。ここへ戻ってきた時、重い疱瘡《ほうそう》に罹《かか》ったと報せてきた孫のために、百段参りに行ったことに気がついて、ああ、どうしようと思ったとたん、腰が抜けたのさ」

「おたきさんの代わりの百段参りはわたしがやります。常でないことが起きたのですから、神様も許してくれるはずです。今はとにかく、朝餉を食べて元気を出してください」

この後、季蔵は若い女が倒れていたという芝の陽徳神社へと走った。

万病平癒の百段参りで知られる陽徳神社には、百段ある石段を百日上り下りすると、どんな難病でも治るという言い伝えがあり、これを信じる人たちも少なくなかった。

季蔵の吐く息と、土の上を埋め尽くしている霜柱が共に白い。

その骸《むくろ》は石段の前に仰向《あおむ》けに倒れていた。

死んでいる女の顔は美貌《びぼう》というよりも無垢《むく》な印象である。

白い牡丹《ぼたん》の絵柄が、濃桃色の地に染め抜かれている。友禅の着物や揃《そろ》いの帯は、一目で値の張る豪華なものだとわかる。

――倒れているというよりも、寝かされているように見える――

季蔵はおたきの話とは微妙に違うように感じた。

——おたきさんは見間違えたのだろうか、それとも——

首を見た。

これも折れて曲がっているようには見えなかったが、触れてみると、ぐにゃっとした感触であった。

左手の手首に赤く小指の痕《あと》が付いていた。

——なにゆえ、このような痕が付いたのか？——

幼い頃から、剣術の稽古《けいこ》を余儀なくされてきた者には、小指にも、相当の力がついていて、手首を握られると、くっきりとその痕が付く。

季蔵にも以前、瑠璃《るり》に横恋慕していた主家の嫡男に、いきなり、手首を掴《つか》まれ、小指の痕を付けられたことがあった。

右手は握りしめられている。

開くと、

——これは——

その手は桐生紬《きりゅうつむぎ》の小切れをしっかりと握りしめていた。

季蔵は百段を上って、神社の境内《けいだい》に入ると、神主の起居している棟の戸を叩いた。この件を伝えて、番屋に使いを出してもらうためである。

季蔵が百段を下りて、おたきの今日の分を終え、骸を見下ろしてしばらく待っていると、田端《たばた》と松次《まつじ》が駆け付けてきた。

「この女は――」

「何ってことだ」

二人は骸を一目見るなり、驚きのあまり、言葉に詰まった。

「丸高屋《まるたかや》の娘さちえだ」

田端が告げた。

「どうして、こんなことに――」

松次は高い石段を見上げて、

「自死しようと、あの上から飛び降りたんなら、こうはなんねえはずだし――」

二の腕を持ち上げて、前のめりになって見せた。

「こうなるはずだろ？」

うつぶせの仕種《しぐさ》をする。

「とはいえ、首の骨は折れておる」

田端も確かめた。

季蔵はおたきから聞いた通りを話した。

「そのおたきという婆さんが、不憫《ふびん》に思って、骸を直したんじゃないのかい？」

松次は鋭いところを突いてきたが、

「そんなことはできなかったはずです」

季蔵はおたきの腰が抜けた話をした。

「しかし、自死の理由はあるようだ」

田端は牡丹色の地色に、血の染みが広がりはじめている、着物の裾《すそ》に目を凝らしている。

――これは迂闊《うかつ》にも気がつかなかった――

牡丹色の地の濃桃色が血の色を隠していたのである。

「この女は身籠《みご》もっていて、それを苦に飛び降り、腹の子を道連れに死のうとしたことも考えられる」

「ですが、そうなりますと――」

季蔵は元のように握らせておいたさちえの手を再び開いた。

「これがどうにも腑《ふ》に落ちません」

「またしてもか」

田端が常にない甲高《かんだか》い声を上げて、

「これでもまだ、桐生紬についての探索は許されぬのか」

烏谷の顔がそこにあるかのように宙を睨《にら》んだ。

「この先はお任せいたします」

陽徳神社を辞した季蔵は、お涼《りょう》の住む南茅場《かやば》町ではなく、旅籠《はたご》はるやのある馬喰《ばくろ》町へと急いだ。

すでに四ツ時（午前十時）近くで、早朝こそ、凍える寒さだったが、今はつかのまとはいえ、陽の光がうっすらと暖かい。

「急用は、はるやまで頼む」

ほうとう供養の時以来、烏谷は田鶴代《たづよ》が泊まっているはるやに、足を向けることが多いようであった。

「烏谷様なら、谷山屋さんのお内儀《かみ》さんと、今日は芝居見物ですよ。今、さっき、お駕籠《かご》を連ねてお出かけになったところ。あのお内儀さん、昨夜は亡くなった旦那さんが好きだった寄席《よせ》にいらしたんですけど、その時もお迎えは烏谷様のお駕籠で——。お内儀さんときたら、とても寡婦《かふ》には見えない、それはそれは贅沢なお召し物で——」

——お奉行様は、ここでは北町奉行と名乗っていらっしゃらない——

折りよく、旅立ちの客を送り出した後とあって、話し好きの女将の口は滑らかだった。

「谷山屋のお内儀さんについて、ご存じのことを話していただけませんか？」

季蔵は切り出してみた。

「あら、でも、お客さんのことをあれこれ、言うのはよくないことだし——」

四十歳近い女将は一応の分別を示した。

「実は烏谷家に頼まれているのです」

——お奉行様は田鶴代さんに、私情を抱き過ぎている——

「まあ、そうでしたか。烏谷様は三日にあげずここへ、谷山屋さんのお内儀さんのところへいらしているから——。心配したお家の方からの——。あなたのお役目なんですね」

方便に合点した女将は、

「それじゃあ、こちらへ」

季蔵を自分の部屋に通してくれた。

「それにしても、よかったわ。あたし、烏谷様があのお内儀さんに本気なんじゃないかって、他人事《ひとごと》ながら、案じてたんですよ。二人は昔馴染《なじ》みだったとは聞いてますけど、ああいう女《ひと》はちょっと——」

「何かあったのですか？」

「あったもなかったも、あたしはびっくりしましたよ。だって、谷山屋の大番頭さんが、わざわざ、甲州くんだりからお内儀さんの様子を見に来たんですから」

「主《あるじ》の妻の様子を見にくるのは、それほどおかしなことには思えませんが」

女将は多少躊躇《ちゅうちょ》した末に、

「目的が口説《くど》きでも？」

とうとう言い切った。

「信じられません」

「でも、本当ですよ」

「お聞きになったのですか？」

「ええ、たしかにこの耳で」

立ち聞きの告白とあって、女将は顔を赤らめつつも、

「〝亡くなった旦那様には申しわけないが、わたしはとてもうれしい。やっと、あなたに心の裡《うち》を打ち明けられるからです。こんな日が来るなんて、夢のようです。白ネズミと蔑《さげす》まれようとも、独り身を通してきてよかった。お内儀さん、お願いです。あなたさえ、わたしのものになってくれれば、もう、わたしは何もほしくはありません。どうか、一緒にこのまま、どこぞへでも行って、所帯を持ち、共白髪《ともしらが》になるまで暮らしましょう。そこそこの貯《たくわ》えならございますから、贅沢は無理でも、決して、不自由はさせません〟って。あたし、あんな泣くような、すがるような、いい年齢《とし》の男の声って、はじめて聞きましたよ」

含み笑いを洩《も》らした。

三

「でも、谷山屋のお内儀さんは、たとえ打ち明けられても、首を縦には振らなかったのでしょう？」

季蔵が訊くと、

「その男は丸一日、お内儀さんの部屋の前の廊下に座ってましたよ。それで、まあ、諦《あきら》めて帰ったんですけど、何だか、気の毒でしたよ。男は女が思わせぶりな様子をしない限り、あんな風に言い寄ったりしないもんでしょ」

最後に女将は、客である田鶴代への嫌悪を言葉にする代わりに、

「蛸《たこ》みたいな女です。男を吸い付ける手足が何本も付いていて、口惜《くや》しいけど、茹《ゆ》でて食べれば、結構、味もいいんだと思いますよ」

と訳知り顔で洩らした。

この日の夕刻、烏谷が田鶴代を連れて塩梅屋に立ち寄った。

烏谷は、田鶴代が駕籠を下りる前に、素早く季蔵の耳に口を寄せると、

「丸高屋の娘の一件は後ほどな」

と囁《ささや》いた。

常のように離れに通すと、烏谷は仏壇に手を合わせ、田鶴代もそれに倣った。

「先代さんにはお嬢さんがいらっしゃると聞いていますが」

田鶴代は微笑んだ。

「ならばおき玖もここへ呼ぶとするか」

「是非に」

田鶴代がうれしそうに頷《うなず》くと、

――いつもとは違う流れになってきた――

烏谷はおき玖を呼ぶよう命じてから、

「評判の師走《しわす》限定の風薬尽くしを頼む」

「幾種類かの中からお選びいただくことになっております」

「ならば、全部選ぶ。残らず、作って出してくれ」

こうして、ねぎ料理の風薬尽くしの膳を、おき玖が運んできて、季蔵と共に座に加わることになったのだが、

「あたし、お店の方が気になるんで」

作り笑いを浮かべているおき玖が立ちあがりかけると、

「ごめんなさい、気がつかなくて。あたしでよかったらお手伝いします」

田鶴代も腰を浮かした。

「うちは狭いし、それほどじゃないから、大丈夫です」

あわてて、おき玖は言い繕《つくろ》った。

「どうか田鶴代の友達になってほしい」

烏谷はおき玖に目礼した。

「そうは言っても――」

根が正直者のおき玖はすでに仏頂面になっていて、

「甲州から一緒に江戸に出てきたご亭主が連れ去られて、殺されたも同然の死に方をしたっていうことと、季蔵さんにご亭主の好物のほうとうを頼んで、ご供養なさったってこと以外、あたしは何も知らないんです。そんな人の友達になんぞ、なれませんよ」

率直に抗議した。

「なるほどな。さすが、長次郎《ちょうじろう》の娘だけあって、言いたいことを言いおる」

烏谷はからからと笑って、

「何が知りたい？」

おき玖の顔を見据えた。

「どうして、その人がここに座ってるかってことです」

「俺との仲が不思議か？」

「はい、それが一番」

「言ってもいいか？」

烏谷に訊かれた田鶴代が真っ赤になって頷くと、

「なに、もう何年も前、料理屋の仲居をしていたこいつに、わしが勝手に熱を上げただけのことだ」

「お奉行様、そのような勿体《もったい》ないおっしゃり様は――」

田鶴代は目を伏せた。

「あるがままを申したのだがな――」

「その頃、お奉行様には奥様がおいでで、お涼さんとも知り合っておいでだったんでしょう？」

おき玖は当てずっぽうを口にした。

烏谷が自分の家族や暮らしぶりについて、明かすことは稀《まれ》であった。

「いや、前の年に妻を亡くしたばかりだった。お涼ともまだ知り合っていない」

「でも、田鶴代さんを奥様になさるおつもりはなかったはず――」

おき玖はやや意地悪げな口調で念を押したが、あろうことか、

「そのつもりで覚悟を決めていた。町人女でも、どこぞの武家の養女になって、武家の嫁に迎えることはできる。わしは心底、こいつに惚《ほ》れて、添い遂げようと思っていた」

烏谷は毅《き》然《ぜん》として言い放った。

――さっき、はるやの女将から聞いた言葉と同じだ。これほどの想《おも》いを男に持たせるとは――

季蔵は唖《あ》然《ぜん》として、田鶴代をまじまじと見つめた。

「その時、まだ、奉行にこそなってはいなくても、出世の道は見えていたんでは？」

おき玖は自分の問いに烏谷が頷くのを見すまして、

「だったら、田鶴代さんはお奉行様の行く末のために、女の幸せを諦めたんですよ。ようは身を引いたんです。そうでしょ、田鶴代さん？」

田鶴代は顔を上げた。

「それは少し違います」

声は震えていたが、きっぱりと言い切った。

「どう違うというの？」

おき玖の詰問調に、

「それがわたしにもよくわからないんです。おき玖さんが、過ぎた日のお奉行様とのことを、あたしの立場に立って、思いやってくださるのは有り難いんですけど、わたし、自分

が不幸だなんて思ったこと、物心ついてから一度もないんです。本当ですよ。あんた、馬鹿なんじゃないかって、昔、友達に言われたことがありましたけど――」

田鶴代はそこで一度言葉を切ると、

「ですから、今だって、こんな思いもかけないご馳走《ちそう》に囲まれて、とても幸せです。さあ、烏谷様、冷めないうちに召し上がってください」

自分の箸《はし》を烏谷に握らせた。

「まあ、そういうことだ」

照れ臭そうに片目をつぶって見せた烏谷は、

「ねぎも鶏もこれほど美味《うま》いとは知らなんだ」

常と変わらず、豪快な食いっぷりを見せつけた。

「生きているうちに、憧《あこが》れの京の九条ねぎを食べられるなんて、幸せすぎて怖いくらい」

田鶴代も意外に旺盛《おうせい》な食欲を示したが、〆の一品目の九条ねぎ飯を平らげた後、まだ、二品目の白髪ねぎ飯があると聞いて、

「そこまではとても無理です」

音《ね》を上げ、

「そろそろ、送らせよう」

烏谷は待たせていた駕籠に田鶴代を乗せて帰らせた。

三人になると、

「田鶴代は馬鹿じゃないかと、友達に言われた話をしていたが、全部は言わなかった。馬鹿のくせにいい思いばかりしていると、その友達は悪意のある物言いをしたそうだ」

烏谷は田鶴代の話を蒸し返した。

「いい思いって？」

おき玖は確かめずにはいられない。

「友達というのは仲居仲間で、たいそうな器量好《よ》しだったそうだ。客たちの多くはその女狙いだった」

「いい思いができるのは、その女《ひと》でしょ？」

おき玖の言葉に烏谷は首を横に振って、

「言い寄ってくる客につきあって、結構な小遣いを貰《もら》うこともあったが、その手の女が惚れるのは、たいていが金のない薄情な男前だった。そうなると、もう、これは地獄だ。金で割り切って客を取る遊女よりも、よほど気持ちが荒れる。その女は、膝枕《ひざまくら》が目的で女房にしたいという、田鶴代の客筋の誠実さを妬《ねた》んだのだ。さっき言ったように、わしもその一人だった」

「なにゆえ、お奉行様は田鶴代さんに袖《そで》にされたのです？」

季蔵は思い切って訊いた。

「わからない。言い出すのが遅すぎたと思っているが、わしがそう思いたいだけで、本当は別の理由かもしれぬ。ただし、わしに男として惹《ひ》きつけるものがなかったとは、とても思えないのだが――」

「田鶴代さんはどのような方を選んだのです？」

「五十歳を越え、背中が曲がりかけている、高崎一の造り酒屋の隠居だった」

「それって――」

おき玖がかろうじて続く言葉を呑《の》み込むと、

「世間や向こうの身内から、金目当てとは言われたことだろう」

「お奉行様はそう思われなかったのですか？」

おき玖はつい、口が滑った。

「少しも思わなんだが、たいして金のない自分を憐《あわ》れんで、そう思わなかったのではない」

「田鶴代さんの心根の優しさを信じたのですね」

季蔵が言い当てると、

「金持ちでも、老いた身には、さぞかし、田鶴代の膝枕が心地よかろうとな。老い先短い隠居が欲しいのは、ただ、田鶴代の温かな膝だけのような気がした。片や、わしには、膝枕のほかにまだ欲しいものがあった。田鶴代もそれがわかっていて、相手を選んだのだろうと思った」

烏谷がほろっと洩らした。

その顔は眉《まゆ》も目も口もだらりと下がって、半泣きしているようにも見えたが、出来たて

の白髪ねぎ飯が運ばれてくると、

「ねぎと鶏の組み合わせがこれほど美味いと知らなかったと、先ほど言ったが、これに卵を足してみよ。ねぎ、鶏、卵、そして銀シャリ、これだけ揃えば、どんな馳走にも負けぬぞ」

と唸《うな》りながら、あっという間に丼を空にした。

この後、烏谷は忘れていたのを思い出したかのように、

「今日は駕籠を待たしてあるゆえ、よいのだ」

したたか酒を飲み続け、酔い潰《つぶ》れたところを、駕籠まで季蔵が送って行くと、急に目を醒《さ》まして、季蔵の耳に酒臭い息を吐きかけながら、

「明日にでも丸高屋を調べよ。供養は娘ゆえ、菓子でよい。すでに、届けると報せてあるゆえ、急ぎ作れ。よいな」

呟《つぶや》いた後、駕籠に乗って、おおいびきを掻《か》き始めた。

四

最後の客を送り出して、三吉に暖簾《のれん》を下げさせ、掛行灯《かけあんどん》の灯も落とさせた季蔵は、

「お奉行様の仰《おお》せで今夜はここで菓子作りです。お知り合いのところの娘さんが亡くなられたそうで。明日の昼までに拵《こしら》えなければなりません。三吉に手伝わせますから、どうか、お嬢さんはお休みください」

「お菓子は何を拵えるようにとの仰せなの？」

　三吉同様、菓子好きのおき玖が引き下がるはずなどなかった。

「特にこれとはおっしゃいませんでした」

「だったら、まずは餡《あん》作りね。タルタやクウクでもない限り、どんなお菓子でも餡を使うから。それから糯米《もちごめ》も水に浸《つ》けておかなくては――。おひささんのところの長屋はぎほどじゃなくても、おはぎなら、そこそこに仕上げられるわ。強い味方の三吉ちゃんがいてくれるんだし」

　ねえとおき玖は相づちをもとめたが、三吉はうなだれたまま、しばらく、応《こた》えは返ってこなかった。

「別におはぎじゃなくても、長屋はぎってものがあることだし――」

　三吉は顔を上げずに言った。

「相変わらず、三吉ちゃんは長屋はぎと、お小夜《さよ》ちゃん贔屓《びいき》ね」

　おき玖がからかった。

「葛餅《くずもち》なんかどうかな？」

　葛餅はよく溶いた葛粉を、鍋に入れて火にかけ、木べらで火が通るまで練り上げ、熱いうちに丸めて黄粉《きなこ》をまぶして作る。

「あれは冷やすから美味《おい》しいのよ。今の時季には向いてないわ。それにお奉行様のお知り合いに届けるのには、見栄えが今一つ」

「葛餅なら、餡も糯米も使わねえだろうと思って――」

「そんなこと気にすることないわ。小豆《あずき》も砂糖も糯米も買い足したばかりだもの」

おき玖は砂糖や、糯米、小豆の入った袋を探した。

「あら、どうして？」

おき玖は中に藁《わら》が詰まっている各々《おのおの》の袋を手にして、一瞬唖然とした。

「盗まれたんだわ、許せない」

眉と目尻が上がって、

「でも、いったい、いつの間に？　夜、季蔵さんたちが帰って、あたしが二階に上がってから？　けど、どうして、こんなものばかり狙うの？　包丁やお釜、お鍋なんかの方が、売ってお金になるはずよ。わざわざ、藁を詰めて誤魔化《ごまか》しておくのもわからない」

金切り声が続いた。

「盗みはこれが初めてではありません」

季蔵は三吉の方を見ている。

「近頃、味付け用に分けてある砂糖の減りが、半端ではないのです」

「ま、まさか、三吉ちゃん、あんた――」

おき玖の顔が青ざめた。

「すいません」

三吉は土間に膝をつくと、頭《こうべ》を垂れて平たくなった。

「ほんとうにすいません」

「理由あってのことだろう、話してみろ」

季蔵に促されると、

「お小夜ちゃんのとこ、店を開いたばかりのころは押すな、押すな、だったんだけど、師走も十日を過ぎると、どういうわけか閑古鳥。お小夜ちゃんのとこでは、砂糖や小豆、糯米なんかを仕入れることができなくなっちまったんだよ。それで、おいら、悪いとわかってたけど、見てられなくて——。はじめは季蔵さんが気づいてたように、砂糖の壺から、毎日、ちょっとずつ、ちょろまかして、貯めてただけなんだけど、お嬢さんが買い足した袋を見た時、中の小豆や砂糖、糯米が、急にお小夜ちゃんの顔に見えたんだ。お小夜ちゃんのところへ、行きたい、連れてってくれっていう声も聞こえた。おいら、どうかしちまってたんです」

三吉は這《は》いつくばったまま、流れでる後悔の涙を拳で拭い続けた。

「お小夜ちゃんたちは、それで、また、売れなくなってしまった長屋はぎを、拵えて売ってるってわけけね」

おき玖が眉を寄せた。

そして、

「作っても、作っても売れずに、今じゃ、お小夜ちゃんちの三度の飯は長屋はぎなんだ。あんなに人気があったのに、長屋はぎ、飽きられちまったのかな?」

がっくりと首を垂れて、三吉が切なそうに呟くと、

「おとっつぁん、よく言ってたわ。時季のある菓子ほどむずかしいものはないって。お店を開いた時は、今まで、滅多に買えなかったこともあって、物珍しさで売れたけど、所詮、長屋はぎって秋のお彼岸の頃のものでしょ。時季外れなんだと思うわ」

見事に言い当てた。

持ち出したのは三吉とわかり、言うに言われぬ事情を聞いたおき玖の顔から怒りが消えている。

「そんなことなら、なぜ、あたしたちに言ってくれなかったの？　水くさいじゃないの。困った時はお互い様って言うでしょうに」

「でも、だって――」

「理由は何であれ、お嬢さんに黙って、店の物を持ち出したことは良くない。二度とするなよ。三吉、いいな。これからは、きちんと相談してくれよ。わかったな」

「ごめんよ、ごめんよ。おいら、金輪際、こんなことはしない。神様仏様に誓うよ」

頷いた季蔵は、

「それでは、三吉、お小夜ちゃんのために、ここで一つ、男を上げてみろ。長屋はぎの代わりに今売れる菓子を作れ」

三吉に向かって微笑んだ。

「そんなこと言われても――」

「小豆も砂糖も糯米もないわね。今はもうどこも店が閉まってるから、買いになど行けはしないし」

おき玖はため息をついて、

「たしかに、この三種がなくてできるお菓子って、葛餅ぐらいのものかもしれないわ」

「小豆の代わりにかぼちゃはどうかな？」

三吉は昨日、季蔵がもとめたばかりのかぼちゃをじっと見た。

「すり鉢に付いてた残りを、猫みてえに、舐《な》めちまうほど、あのタルタの餡は美味かった。あれ、また出来ないかな？」

「あの餡は唐芋《からいも》が混ざってたわよ」

大籠《おおかご》の中はかぼちゃだけである。

「何より、あそこまでのコクは白牛酪《はくぎゅうらく》のおかげでしょ」

白牛酪など、今、ここにあるわけもなかった。

「タルタは無理よ」

「菓子を作るほどの砂糖はありませんが、水飴《みずあめ》ならあります」

水飴は小麦または大麦を発芽させて麦もやしを作り、乾かして粉にしたものを糯米で作った粥《かゆ》に加え、漉《こ》した液を煮詰めて作られる。

砂糖とは違った鄙《ひな》びた風味の甘味料である。

季蔵はさらに続けた。

「糯米はないけれど、あまり使わない米粉なら余っています。それに――」

季蔵は、もう一つのそう大きくない籠の中を覗《のぞ》いた。

何日か前に、客の一人が届けてくれた山芋が見えた。

「薄皮饅頭《まんじゅう》の皮なら、何とか、これで、できるぞ。ただし、薄皮饅頭はたっぷりの餡が入ってて、その味が勝負だ。こちらは皮を仕上げるから、三吉、おまえにはこれぞというかぼちゃ餡を頼む」

こうして、夜を徹してのかぼちゃ薄皮饅頭作りが始まった。

季蔵は山芋の皮を剝き、酢水に浸けてあくを抜いてから、すりおろし、壺に残っていた白砂糖で多少の甘みをつけて、しばらく寝かした。

三吉はかぼちゃ餡作りに取りかかった。皮を剝いて切り分けて蒸したかぼちゃを、熱いうちに潰して水飴と混ぜる。

水飴の茶褐色の飴色が黄色いかぼちゃに混ざると、凍てついた土の上にできた陽だまりのように見えた。

そのかぼちゃ餡を一舐《な》めした三吉は、

「甘さも充分で、舌触りも悪かねえし、水飴がかぼちゃの味を際立たせて、いい感じなんだけど――」

首をかしげて、

「今、一つ、なんか足りねえような気がするよ」

おき玖と季蔵に試してもらうよう、かぼちゃ餡を小皿に取り分けて渡した。

「唐芋と白牛酪入りの餡と比べると、あっさりしすぎてて、コクがないかな」

おき玖は率直に評した。

「黒砂糖でも隠し味にしたら、コクが出る気がするけど――」

三吉は恨めしげに、使い切って以来、中身を足していない黒砂糖壺を見つめた。

「三吉、その餡をもう少し大きい皿にとってくれ」

季蔵はかぼちゃ餡のお代わりを頼むと、

「まあ、これは、思いつきにすぎないのですが――」

棚の上に並んでいた薬味入れに手を伸ばし、そのうちの一つを手にした。

ぱらりと皿の上のかぼちゃ餡に振りかける。

「あら、肉桂《にっけい》（シナモン）の匂《にお》い」

「かぼちゃ餡にこれ？」

おき玖と三吉は目を丸くしたが、季蔵はさっとへらで混ぜ合わせ、味わってみて、

「なかなか、いいかもしれないな」

皿の残りを二人に勧めた。

五

肉桂風味のかぼちゃ餡を試した二人は、

「これ、これだった」

三吉は手を打ち、

「単調だったかぼちゃ餡の甘さにめりはりが出たわね」

おき玖はなるほどと頷いた。

後は練り鉢に米粉と、寝かしておいた砂糖入りの山芋を入れ、よくこねて生地を作りあげ、大きな梅干しほどに丸めて、これを薄く伸ばして皮にする。この皮でやはり、中くらいの梅干し大の餡を包み、蒸籠《せいろう》で蒸し上げて出来上がりである。

翌朝、四ツ（午前十時頃）、季蔵はこのかぼちゃ薄皮饅頭を手にして、尾張町の丸高屋の前に立った。

店前《たなさき》には〝本日休業〟の札が掛けられていて、奉公人たちが主の娘の通夜の準備に慌ただしく働いている。

名乗った後、

「お取り込み中のところを失礼いたします。旦那様に、北町奉行烏谷椋十郎《りょうじゅうろう》様の使いの者だとお伝えください」

往来を丹念に掃き清めていた小僧に告げると、

「少し、お待ちを」

緊張した面持ちで中へ入り、次には手代、その次は番頭、最後は目の下に大きな隈《くま》を作って、白髪頭を乱している大番頭が姿を見せて、

「烏谷様からの使いというのは、間違いございませんね」

念を押してきた。

「はい。お奉行様の仰せでこのように菓子も持参してまいりました。まずは、これを、仏様の枕膳の隣りに添えさせていただければと思っております」

季蔵が澱《よど》みなく応えると、一度奥へ戻り、

「それではこちらに」

さちえの部屋へと案内された。

線香の薄紫色の煙の中で、白装束に着替えさせられたさちえが布団の上に横たえられている。

——まぎれもなく、あの倒れて死んでいた娘さんだ——

さちえの骸は陽徳神社から、一度番屋に運ばれた後、父親である丸高屋伊右衛門《いえもん》のたっての願いで、早急に返されてきていたのである。

季蔵は飯椀に白飯が盛られた枕膳の横に、供養の饅頭が入った重箱をそっと置いて、目を閉じて手を合わせた。

「ありがとうございます」

声と共に障子が開いた。

「丸高屋伊右衛門でございます。妻は何年か前に亡くなっておりません。これは下の娘でそのと申します」

姉とよく似た面差しのおそのは無言で頭を垂れると、父の隣に座って季蔵と向かい合い、掲げ持ってきた反物を畳の上に広げた。

菜の花が染め抜かれた見事な友禅柄が、畳の上を流れていく。

「新年の晴れ着にと姉が選んだものでした。あたしの方は梅の花柄で――」

おそのは目を瞬かせたが、伊右衛門の目は、もはや涙も涸《か》れて赤く、その口調は落ち着いていた。

「うちは呉服屋でございますゆえ、これも変わった趣向の供養と思《おぼ》し召しください」

一方、おそのは、

「お奉行様にお伝えください。姉さんをこんな目に遭わせたのは誰なのか、早く突き止めてほしいって――」

叫ぶように口走った。

「もう、その話は止《よ》しなさい」

伊右衛門はぴしゃりと叱《しか》って、

「このことは、覚悟の上だったとわたしどもは思っております。さちえは自害したのですから、もう、詮議は無用です。そのようにお奉行様にお願いできましたらと――」

「おとっつぁん、何を言うの？」

おそのは目を怒らせて、

「姉さんはあんな身体になっていたのよ。女がお腹の子を巻き添えにして、死ぬなんてあるもんですか。おとっつぁんは、何より、商いが大事なんだわ。商いさえ、上手《うま》くいけばいいと思っているのよ。来春は菜の花柄が流行《はや》って、さぞかし、満足でしょうね」

席を立ってしまった。

「いやはや、お恥ずかしいところをお見せしてしまいましたな――」

伊右衛門はあまり表情のないのっぺりした顔を顰《しか》めた。

「突然のことなので、きっと、お気持ちが揺れているのでしょう」

季蔵はまずは、相手の心に添うことにして、

「つい何日か前、一人息子の跡取りを亡くされた京屋さんに比べて、おそのさんという、血を分けた跡取り娘さんがもう一人おいでなのは、心強いことでしょう」

と続けた。すると、

「何をおっしゃるんです?」

伊右衛門の声が怒り、

「世間はうるさいものです。これでやっと、京屋の正太郎さんを殺した下手人の黒幕はうちだの、どんな汚い手を使っても、京屋さんに勝とうとしているだの、後ろ指はさされなくはなりましょう。ですが、たとえ、妹のおそので跡取りは間に合っても、もう、さちえは帰ってこないのです」

涙を隠すために目が膝に落ちた。

――心の底が泣き続けていて止まない、何とも静かで切ない悲嘆ぶりだ、たまらない

――

「最後に一つだけ、お聞かせください。さちえさんは桐生紬を手にして亡くなっていました。これに心当たりはありませんか?」

「見せていただきましたが、うちのものではございません」

「桐生紬について、どんな些細《ささい》なことでも結構ですから、気がついたことはありませんか?」

「うちで桐生紬を買った者はいないかと何日か前、お奉行様からじきじきにお調べを受けたことがございます。その時、甲州からおいでで、ご亭主を亡くされたという、谷山屋さんのお内儀さんにお売りしたと申し上げました。たしか、さちえがお相手をいたしました。あの娘は幼い頃から、わたしが厳しく仕込んだので、紬のような派手さのないものにでも、よく目が利くんです」

伊右衛門は遂に指で目を拭った。

――お奉行様は密《ひそ》かに桐生紬の探索をなさっていたのだ。そして、田鶴代さんは、わたしに白滝姫の話をしてくれただけではなく、丸高屋でもとめてもいたのだ。殺されたさちえさんと田鶴代さんは、桐生紬つながりだ――

季蔵はこの桐生紬が、有力な手掛かりに違いないという確信をますます深めた。

京屋を辞して、歩き始めてまもなく、

「塩梅屋さん」

掛かった声に振り返ると、おそのが追ってきていた。

「聞いてほしいことがあるんです」

「わたしもまだ、お訊きしたいことが残っていました」

二人は近くの茶店に入り、話を始めた。

「あたしはさちえ姉さんから、駆け落ちしてでも、添い遂げたいと思ってた男《ひと》が亡くなってしまったこと、でも、お腹にはその男の子がいるから、寂しくない、この子のためにも、強く生きるんだって話を打ち明けられてました。あたしはおとっつぁんが姉さん贔屓だって知ってたんで、間に入って、この話をおとっつぁんにしたんです。もちろん、初め、おとっつぁんは火が点《つ》いたみたいに怒りました。誰の子かって、ずうっと、責め通してましたけど、最後まで姉さんは相手の名を言わず、いい加減、おとっつぁんも折れて、姉さんは、お腹が目立つようになったら、向島《むこうじま》の寮に籠《こ》もってその子を産み、あたしたちの母親違いの弟か妹ってことにして、育てることになってたんです。〝うちは女ばかりだから、その子が男の子だったら儲《もう》けものじゃない？〃なんて、あたしが軽口を叩くと、おとっつぁんの目尻、でれでれに下がってました」

「つまり、伊右衛門さんは、身重《みおも》であるさちえさんを許していたわけですね」

「ですから、その姉さんが神社の石段の上から、飛び降りるなんてこと、するわけないんです」

おそのはきっぱりと言い切り、

「だとしたら、伊右衛門さんだって、娘の命を奪った相手を裁きたいはずです。お父様がこれ以上の調べを嫌う理由を教えてください」

季蔵はここぞとばかりに訊いた。

「早く、世間に姉さんのことを忘れてもらい、おめでたい気分を先取りさせて、初売りに出す、菜の花絵柄の反物や帯の予約を取りつけるためです。師走に入ってすぐの大奥での競り合いで、うちは京屋さんに初めて勝ちました。これは、今後の大奥お出入り商人の絞り込みとも関わる大きな勝ちです」

「勝因はどこに？」

「この暮れは、京屋さんが、京の名人に頼んで菜の花の絵柄を染めさせ、案として出すとわかっていましたので、父はその名人に破門されて、江戸に出てきていた、才ある元弟子に、同じ菜の花の絵柄を染めさせました。流れるような筆捌《さば》きが新鮮でしょう？　ご覧になった姉の晴れ着用の反物の絵柄がそれです。流れるような筆捌きが新鮮でしょう？　優雅にお暮らしの大奥の皆様方は、古くゆかしいものだけではなく、常に新しく美しい品をもとめておいでなのです。御台所《みだいどころ》様が中心になって、ご側室様方と話し合われ、うちの菜の花に決まりました。勝ったのは、あえて、同じ絵柄をぶつけて競ったからなのです」

「なにゆえ、商売仇《がたき》の京屋さんの動きが、手に取るようにわかっていたのですか？」

――京屋の中に丸高屋と通じている者がいるはずだ――

「姉が次郎長屋に住む、竹馬裂売《たけうまきれ》りの祐太《ゆうた》さんから聞いたんです」

祐太と聞いて季蔵は耳を疑った。

竹馬裂売りとは、竹製の四本脚の骨組みに、古着を掛けて売り歩いたのが謂《い》われの行商人である。

六

――たしかに、下っ引きの仕事だけでは暮らしていけない――

「豊島町の平吉《へいきち》親分の下《もと》で働いている祐太さんですね」

季蔵が念を押すと、

「ええ。何でも祐太さんには、姉さんが出かけての帰り道、つい、人通りのない近道をした折、悪い男たちに絡まれたところを、身を挺《てい》して助けてもらったのが縁の始まりだったそうです。姉さんはせめてものお礼にと、祐太さんが竹馬裂売りをしていると知ると、おとっつぁんと話し合って、古着屋を開くよう勧めたんです」

「その話、祐太さんは受けましたか？」

「いいえ。祐太さんは、助けたのは当然のことをしたまでで、自分は物乞《ものご》いとは違うから、只《ただ》で店を開かせてもらうのは嫌だと言ったそうです。それでもと、重ねて勧めると、〝ならば、店を開くのにかかる金子《きんす》に価する働きが、この店のためにできた暁《あかつき》に受ける〟ときっぱりと言い切ったので、おとっつぁんは、若旦那とは乳兄弟で、親戚同様の京屋さんの内情を告げてくれるよう頼んだんです。商売熱心なおとっつぁんですけど、誓って、無理強《じ》いなんてしてません。以来、祐太さんは表向き、平吉親分の代わりの見廻《みまわ》りということで、うちに出入りするようになったんです」

──そうだったのか──

おそのと別れた季蔵は豊島町へと向かった。祐太を使っている岡っ引きの平吉を訪ねるためである。

小さな仕舞屋《しもたや》の猫の額のような庭で、でっぷりと肥えた中年者の平吉は、盆栽の手入れに余念がなかった。

縁側では年齢《とし》より若く見える女房が、きりりと眉を上げ、鋏《はさみ》を手にして、朝日が濃淡に染め分けられている、豪奢《ごうしゃ》な反物の裁断に取りかかっていた。

「お願いします」

季蔵は垣根から平吉に話しかけた。

「日本橋は木原店の塩梅屋でございます。北町奉行烏谷様に申しつかってまいりました」

わかったと頷いた平吉は、唇に人指し指を立てると、その指をくるりと回して、自分の方が垣根の外へ出るという仕種をした。

季蔵の隣りに並んだ平吉は、

「普段から、縫い物の賃仕事で、しがない岡っ引きの俺を助けてくれてる女房なんだが、この暮れはその腕を見込まれて、飛びっきりの晴れ着を縫わせてもらえることになったのさ。こちとらの、血なまぐさいだろう話を持ち込んで、気を立てちゃ、女房の邪魔になる

「だろう？　ところで、用向きは何だ？」

「京屋の若旦那が殺されたところへ、親分が駆け付けた時のことです。あの時のことを思い出してくださいい。親分は桐生紬を見つけたと聞いていています」

「いや、見つけたのは祐太だよ。俺が呼ぶと、お役目熱心なあいつは一番先に駆け付けてた。誰も目に入らなかったもんを見つけたんだから、その上、それが下手人につながるかもしれねえってぇんだから、ったく、てえしたもんじゃないか」

平吉は女房について話した時と同じように、柔和に目を細めた。

「たしか、裂は梁《はり》と天井にあったと聞いています」

「そうさな。梁にも天井にもべったりと糊《のり》で貼り付けてあった」

「下手人はどうして、そんなことをしたんでしょうね」

「何年か前に、根こそぎお縄になった奴らも、鬼薊《おにあざみ》なんて名を残してたじゃないか」

「鬼薊一味は盗賊で、名を押し入った先に残すのは、徒党を組んでる仲間との結束を固めるためではないかと――」

「世間をあっと驚かせるつもりもあるはずだ」

「桐生紬の裂でですか？　一人の男を閉じ込めて、後ろから棒で殴りつけて倒し、向かってくる隙《すき》も与えずに、さらに、殴り続けて殺しておいてですか？」

「たしかにあんたのいう通りだ、違う」

平吉はぽつりと洩らした。

「下手人から文が届き、先に土蔵に入られていたお奉行様は、裂を見ていません。わたしもそばにいましたが、気がつきませんでした」

「いったい、あんた、何が言いたいんだ？」

平吉の目が憤怒《ふんぬ》で燃えた。

「祐太さんは毎朝こちらへ用向きを聞きに？」

平吉が黙って頷く。

「ならば今、どこにいるかわかりますね」

「今日は浅草観音で歳の市が開かれてるんで、大黒天のかっぱらいを見張るよう言い付けた。祐太は浅草観音にいるはずだ」

「ありがとうございました」

季蔵が早速浅草へと向かおうと背中を見せると、

「駒形堂裏に清水が湧《わ》いてるとこがある。話をするならそこがいい」

後ろで平吉が大声を掛けた。

浅草観音の歳の市は、新年の支度を調える人たちで溢れている。

多く売られているのは、注連縄《しめなわ》や三方《さんぼう》、裏白《うらじろ》、橙《だいだい》、譲葉《ゆずりは》などのお飾りのほかに、鯛、海老《えび》、山芋、昆布、干柿等の食積《くいつみ》と称される飾り食品、新調する俎板《まないた》、手桶《ておけ》、柄杓《ひしゃく》、擂《す》り粉木《こぎ》等の厨道具であった。

季蔵は大黒天を並べている露店を見て回って祐太を探そうとした。

「痛たたたぁ――。勘弁してくれよ、銭を払うのを忘れただけなんだから」

声のする方へと人の群れを掻き分けて行くと、職人風の若い男の腕を祐太が摑み上げている。

「忘れたのなら、今、すぐ、ここの主に払うことだ。払わねえつもりなら、番屋へ来てもらうぞ」

祐太が語気荒く迫ると、

「わかった、わかった」

怯《おび》え声になった男は、さっと銭を差し出した。

歳の市で売られる大黒天の尊像を盗むと、たいした御利益《ごりやく》があるという言い伝えがあって、この時季ともなると、運試しに大黒天盗みを試みる者が多かった。

縁起物とあって、たとえ、盗んでつかまっても、銭を払いさえすれば罪にはならない。

「それにしても痛てえよ」

手首をさすりながら、しおしおとその男が立ち去ったところで、

「祐太さん」

季蔵はやっと声を掛けることができた。

「ああ、あんたか」

「お話があってきました」

「長くかかるのか」

「ええ、まあ」

「じゃあ、行くとするか」

祐太は通りの裏手を抜けて、しばらく歩くと見えてくる駒形堂へと向かった。

「何だい？　話って？」

「正太郎さんが殺されていた土蔵の梁と天井に、桐生紬の裂を貼り付けたのはあなたですね。梁や天井には手が届かないので、土蔵中や裏手を調べれば、咄嗟《とっさ》にあなたが使った梯《はし》子《ご》が見つかるのではないかと思います」

季蔵はずばりと切り込んだ。

「待ってくれ。どうして、俺がそんなことをしなきゃなんねえんだい？」

「正太郎さん殺しを、谷山屋さん殺しの下手人の仕業に見せかけるためです」

「止してくれ、とんだ言いがかりだ」

祐太が怒鳴った。

「丸高屋さんへ話を聞きに行ってきたところです。あなたのことは亡くなったさちえさんの妹、おそのさんから聞きました」

「俺が京屋の商い事情を、丸高屋に内通してたってことかい？」

祐太は少しも臆さず、

「平吉親分に引き立ててもらって、いずれ、岡っ引きになれるとしたって、今度は貰った女房が端《はし》切《ぎ》れ売りでもするのが関の山、正直、今の暮らしとあんまり変わらねえ。ようは心底、貧乏が嫌になっちまったんだよ」

「丸高屋さんは、あなたが娘のさちえさんを助けてくれたお礼に、古着屋の店を持たせてくれようとしたはずです」

「古着屋なんて、この市中にいやってほどあるんだ。店を持ったって流行《はや》るとは限らねえ。それに俺は着物や裂がそう好きじゃねえ。だから、京屋の中のことを売ることにした。丸高屋の旦那が、商売仇の京屋について、くわしいことを知りたくて、うずうずしてるはずだとわかってて、向こうから、探ってくれと言い出すように仕向けたのさ。正太郎は俺を兄弟同然に思ってたから、聞けば何でも話してくれた。それほど、悪いことをしていると は思わなかったよ。乳兄弟の正太郎が、自分と違いすぎるのが、もともと面白くなかったのかもしれねえな」

「目的は何だったのです?」

「あんた、耳は確かかい? 今言った通り、金だよ、金。近く丸高屋からたんまり、礼金を貰って、上方へでも行き、しばらく、贅沢三昧《ざんまい》をして、次のことを考えるつもりでいる。金輪際、俺は御定法《ごじょうほう》に触れることはしちゃいねえ。今は忙しいんだ、話ってえのがそれだけなら――」

顔色一つ変えずに言い切った祐太は、季蔵に背中を向けかけた。

「あなたは京屋さんを裏切っただけではなく、正太郎さんに蔵の金を盗ませて殺し、さちえさんをその手に掛けたはずです」

季蔵は鋭く言い放った。

「なにおぉ」

悪鬼のような形相《ぎょうそう》で振り返った祐太に、

「いずれ必ず裁きは下ります」

季蔵は相手に向けて拳を大きく振り上げた。

瞬時に祐太の手が伸びて、季蔵の腕をわし摑みにした。

「俺が殺《や》ったなんてえ、証《あかし》などあるもんか」

季蔵は腕を返して、祐太の右腕を摑んだ。

「これほど動かぬものはありはしません。ここに、あなたがさちえさんに付けたのと同じ痕があるのですから——」

相手を見据えた。

七

季蔵の言葉に、一瞬、あっと叫びかけて青ざめた祐太だったが、

「なあに、番屋じゃ、骸に付いた痣《あざ》など写しちゃいねえ。あんたがいくら、同じだとわめいても比べられるものか」

鼻息荒く肩を怒らせた。

この時、二間《けん》（約三・六メートル）ほど離れた大きな松の木の影から、

「いい加減にしろ」

平吉が姿を見せた。

「話は残らず聞かせてもらった。祐太、往生際が悪すぎるぞ」

「お、親分、ど、どうしてこんなところにおいでなんです」

祐太の顔色はさらに悪くなった。

「空き家の蔵から出てきた桐生紬のことで、季蔵さんがおまえと話したいってえんで、気になって後を追ってきたんだ。季蔵さん、さっきは話しそびれたが、京屋の若旦那の骸が出て、空き家に呼ばれた時、恥ずかしい話だが、踏み石にけつまずいちまってな。手を取って、助け起こしてくれたのが祐太だった。有り難かったが、祐太に握られた俺の手はべたべたで、正体は飯粒だった。おまえは飯粒で桐生紬を天井や梁に貼り付けたんだ。それを俺に思い出させたのは、おまえに改心してほしいという、神様のお導きだ。そして、おまえはここにいる。ここはおまえにとって、特別な場所のはずだ」

「特別の場所なんかであるもんか」

祐太は首を激しく振った。

「でも、あなたは自分から、ここへわたしを案内してくれました」

季蔵はぽつりと洩らした。

「だから、いくら、今の性根《しょうね》が腐りかけてるおまえが違うと言っても、やっぱり、特別な場所なんだよ。俺は今でも、大黒天を盗みそこねた男の子の手を引いて、俺の来るのを待っていたおまえの姿を、はっきりとこの目に浮かべることができる。おまえは、その子が盗むのを見て追い掛けて捕まえたものの、途中、子どもが落としてしまった大黒天は誰かが、拾ってしまったせいか、どんなに探しても見つからず、露店の主は金を払えと息巻き、代金は自分が働いて必ず返す、だから、肩代わりしてやってくれないかと、俺に使いをよこしたんだっけな。思えば、それが下っ引きになったおまえの初仕事だった。この時のおまえの目は澄みきっていて、その心は母親の病を早く治したいという一念で、大黒天盗みをした子どもへの情けで溢れていた。そんなおまえはどこに行ってしまったんだ？　どうして、これほど金に執着するようになったんだ？　十手《じって》を預かる身でありながら、悪に手を染めた上、我が身の罪を認めず、開き直っている今の自分が恥ずかしくないのか？」

平吉の肉厚の頰を涙が幾筋も伝って流れた。

「恥ずかしくなんかねえですよ」

「そんなはずはない」

「ねえったらねえんだ」

「むきになるのは、図星だからだろう。祐太、元の自分に還《かえ》るんだ。その方が楽になれる」

平吉に諭《さと》され続けた祐太は、

「もう聞きたくねえ」

ついにくるりと後ろを向いた。

「祐太さんには、金子にも増して執着するものがあったのではないかと思います」

季蔵が祐太の前に立ちはだかった。

「あんた、また、俺に痣をつけてほしいのかよ」

何とか、睨み返そうとした祐太だったが、不意にからからと笑い出した。ただし、その顔はすでに涙で埋まっていて、

「飽きた、飽きた。そろそろ、この茶番もお開きにしねえとな」

振り絞った掠《かす》れ声で最後の虚勢を張ると、平吉に向けて両手を差し出した。

「親分、どうか、お縄を頂戴《ちょうだい》させてください」

「わかった」

平吉は悲痛に頷くと、祐太の手に縄を掛けた。

こうして祐太は自訴し、犯した罪についてはっきりと語った。

「ことの起こりは、乳兄弟とはいえ正太郎が憎くなったことだった。それまでは、弟みてえに思えてたのが、急にどうしようもなく憎くなっちまった。それもこれも、人通りのねえところを近道してた、丸高屋の娘さちえを助けたせいだった。ああいうのを箱入りというんだろうが、馬鹿みてえに純な様子が可愛いのに、近寄りがたい気高さもあって、とにかく、俺が見たことのねえ女だった。さちえのことを思い出すたびに、俺は胸のあたりがぐいぐい苦しくなって、たまらねえ毎日だった。一目惚れだよ。ただし、叶わぬ一目惚れ。けど、そう思ってたのは俺だけじゃなかった。助けたのは、日頃から鍛えてて、拳や手刀

を使える俺だったが、その時、正太郎も一緒だったんだ。こいつさえ、さちえに血道を上げなけりゃ、そして、さちえまで本気にならなきゃ、こんなことにはなってなかったかもしれねえな」

祐太は正太郎に頼まれ、助けてもらった礼をしたいと丸高屋に招かれた折、さちえに恋文を届けたことを話した。

「そこまでは、俺もそう、かっかしてはいなかった。京屋と丸高屋は先祖の代から敵同士だ。こりゃ、もう、叶う恋じゃねえ、返事なんてくるもんかとタカを括《くく》ってた。ところが、帰り際、顔を赤くしたさちえに正太郎への文を頼まれた。読んだ正太郎は、〝やっぱり、両想いだったんだ〟って、飛び上がって喜んだ。そして、二人は茶屋の二階で逢《あ》い引きを重ねるようになったんだ。〝それでも、親同士は仇敵《きゅうてき》、二人の仲は許されねえんだよ〟と、俺が水を差すと、〝わかってる。いずれ、駆け落ちするつもりだからかまわない〟と、正太郎はさらっと言ってのけた。これが何より癪《しゃく》に障ったよ。女への想いのためだけに、途方もない身代を棒に振ろうとしてるなんて、いい気なもんじゃないか。この続きは、〝一人っ子の正太郎は京屋の大事な跡継ぎだろう？　そんなことして、いいのかい？〟と俺が諭しても、〝京屋の主の替えは、ふさわしい従兄弟《いとこ》のうちの誰かで務まるから、わたしが抜けても、それほど困りはしないだろう〟ってね。これじゃ、あんまり、商いと人の世を甘く見過ぎてる。俺も含めて、たいていの人は、毎日の糧のために汗水垂らして、働いてるってえのによ。心底、俺は腹が立ったよ。さちえの可愛い顔がぐるぐると頭の中を巡って、はじめて、俺は正太郎が憎いと思った」

そこで祐太は、丸高屋が知りたがっているはずの京屋の内情を、洩らしてやろうと決意したのだった。

「それでいよいよ、正太郎に聞いて、京屋が大奥に納めるために菜の花の絵柄を考えているとわかると、これを丸高屋に伝えた。この頃にはもう、憎しみが火の玉みたいに熱く膨《ふく》れあがって、身体の中を暴れ回ってるかのようだったから、良心が痛むようなことはなかった。周りに隠れて、正太郎と逢瀬《おうせ》を続けている様子のさちえは、蛹《さなぎ》が蝶《ちょう》にでもなったかのように、美しさが尋常ではなくなった。どうしても、自分のものにしたいと思い始めた矢先、正太郎から、店の蔵からまとまった金を持ち出して、そろそろ駆け落ちをするつもりだと聞かされた。正太郎を殺《や》っちまう企《たくら》みを思いついたのはその時だった。壁に傷をつけて身の丈を誤魔化すのを考えたのもその時だ。今までのお役目が役に立ったぜ」

祐太は正太郎にこのまま、二人が駆け落ちして突っ走れば、京屋、丸高屋の双方にさらなる確執が生じ、家族の心痛も大きいから、別の方法で結ばれるべきだと説き伏せた。

「親身なふりをして、神隠しの芝居をやろうと持ちかけたんだ。正太郎には、さちえにも同じように姿を隠させ、すぐに会わせると嘘を言った。そして、蔵の金を持ち出させ、今川橋近くの空き家の蔵へ連れて行って殺した。十手や木刀を使わずに、竹馬を担ぐ棒を使ったのは、いかんせん、ためらいがあったからだ。しかし、気がついてみると、憎しみのなせる技とはいえ、これ以上はないと思われるほど酷い殺し方をしていた」

この時、詮議に当たった田端が、

「お奉行への投げ文はおまえか」

と訊くと、

「そうさ。正太郎が悪い奴らと付き合っていると言えば、俺に仲立ちを頼むかと思って京屋の旦那たちに出鱈目《でたらめ》を言ったんだ。ところが、当てが外れて儲《もう》けそこなったから、それなら早いとこ正太郎の骸を見せた方が、得だと思ったんだ」

祐太は悪びれるそぶりも見せずに答えた。

さらに田端は、

「なぜ、よりによって、土蔵の梁と天井に、桐生紬を残したのか」

と訊いた。

「谷山屋が骸になってた長崎屋の寮の調べには、俺も駆り出されてたから、下手人の手掛かりが垣根に引っ掛かってた桐生紬だってことは知っていた。それで、前もって、正太郎から反物で桐生紬をせしめ、裂にしておいて、殺した後、その手に握らせておいたんだ。ところが、あの時、握らせたはずの桐生紬が、見当たらなかったからさ。土蔵の中は風なんぞ吹かねえのにおかしいとは思ったが、どうしても、これがねえと、先の殺しの下手人の仕業にはできねえ。それで、咄嗟に、家でこの報せを待っている間に食べていた、夜食の握り飯を懐に入れてることを思い出したんで。都合のいいことに、裂にしていた桐生紬も、もしもの時に備えて、三枚ほど、まだ、袖の中にあった。下手な細工が仇《あだ》になってしまったが――」

　さちえ殺しについては、

「あの朝、さちえを陽徳神社に呼び出したのは、想いを伝えるためだった。奉行所に報せて、正太郎の骸を見つけさせてから、この日を待ってたんだ。一日が経《た》つのがこれほど長かったことはなかった。断っとくが京屋の婿ねらいなんかじゃない。さちえが手に手を取って、逃げてくれるんなら、それでもいっこうにかまわなかった。だから、きっと俺のこの想いは伝わると信じてた。ところが、さちえはね、こう言ったんだ。〝気持ちはうれしいけど、正太郎さんはこの世にいなくなったわけじゃないの。ほら、ここに〟って、腹に手を当てて、愛《いと》おしげに撫《な》でた。かーっと全身が熱くなって、自分が火の玉になったような気がした。さちえの顔が嘲笑《あざわら》ってる正太郎に見えた。咄嗟に、突き飛ばしていた。さちえの悲鳴が聞こえた後、石段の下に倒れている姿を見た」

　と話した。――このとき、おたき婆さんが来あわせたのだろう――偶然とはいえ気の毒だったと田端は思った。

　この後、石段を下りて、うつぶせで死んでいたさちえを仰向けにし、いつか焼こうと決めて持っていた桐生紬の裂を握らせたと祐太は明かした。

「ただし、谷山屋と正太郎の時とは、やり口が違うんで、気づかれるかもしんねえとは思った。でも、これほど想いをかけたさちえを殺しちまって、自棄《やけ》になってたんで、その時はその時だと腹を括った。もう怖いものは何もなかったよ」

正太郎とさちえ殺しの罪を認めた祐太ではあったが、谷山屋長右衛門《ちょうえもん》は殺していないと言い張った。

「甲州くんだりの縁もゆかりもない商人をどうして、俺が殺すんだい？　一人でも人を殺せば死罪だ。死罪と決まってる俺が、嘘を言ってもはじまらないじゃねえか」

田端や松次から、こうした、祐太の話の一部始終を聞かされた季蔵は、夜更けて、不意に訪れ、

「何でもよいから、とにかく、身体の温まるものを食わせてくれ」

酒を飲んで、ねぎじゃこ飯を掻き込んだ烏谷に、

「空き家の土蔵で、正太郎さんが握っていた桐生紬を見つけたのはお奉行様ですね」

と念を押した。

「やっとわかったか」

烏谷はけろりとしてにっと笑った。

「証を隠すのは、たとえお奉行様でもよろしくないことです」

「実は気にかかることがあったのだ」

「田鶴代さんが丸高屋さんから、桐生紬を買い求めていたことでしょう？　田端様や松次親分に桐生紬の調べを禁じたお奉行様は、密かに呉服屋を当たって、谷山屋さん殺しの下手人が遺していった手掛かりを追っていたはずです」

「田鶴代の亭主の谷山屋が死んでからほどなくのことだ。どうにも気になって、田鶴代の昔を調べたところ、わしが譲った前の亭主も四年前不審な死に方をしていたことがわかった。やはり、姿が見えなくなった後、一月ほど過ぎて骸で見つかった。使われていない近所の土蔵に閉じ込められ、餓死させられていたのだ。亭主は隠居の身だったので、田鶴代は追われるようにその家を出ているが、一緒に金銀の細工ものなどのお宝も消えたそうだ。その後、谷山屋と知り合うまでのことは話したがらなかったが、苦労をしたに違いない」

「お奉行様は田鶴代さんを疑っていたのですね」

——胸中、さぞや苦しかったことだろう——

「因果な役目だ」

烏谷は呟き、

「田鶴代の嫌疑は晴れた」

ほっとして、ふーっと大きく息を吐き出し、

「桐生紬はどれも似通って見えるが、実は織り方が幾通りかある。商売仇《がたき》の京屋と丸高屋とでは、当然、異なる織り柄を仕入れていた。祐太が土蔵の梁と天井に貼りつけ、さちえの手に握らせた桐生紬と、わしが正太郎の手から取り上げた裂は同じものだった。祐太が申している通り、正太郎からせしめた京屋柄だ。田鶴代が買い求めて仕立てさせ、行李《こうり》に入れていたのは丸高屋柄。また、長崎屋の寮の生け垣にあった桐生紬はそのどれでもない。ただし、謎《なぞ》は残る。なにゆえ、田鶴代はこの江戸で桐生紬などもとめたのか？」

「お奉行様にはもう、おわかりになっているようですが——」

「知りたくはないか？」

「もちろん。どうか、お聞かせください」

「ならば、これから馬喰町まで送ってくれ」

「わかりました」

「何があっても驚くな」

「承知いたしております」

こうして、季蔵はほろ酔い加減の烏谷と共に夜道を歩き始めた。

「田鶴代の前の亭主は、人は見かけによらぬもの、相当な遣《や》り手で、隠居とは名ばかり、造り酒屋を倅《せがれ》に譲ると、ほかの商いにも手を出していた。高崎宿と桐生はそう遠くない。遣り手が、いい金になる桐生紬を見逃すはずはない。また、この商い、手となり足となる者がいる。このような相手は、田鶴代とも親しくしていたはずだ」

「田鶴代さんはその相手を庇《かば》うために、丸高屋さんから桐生紬を買ったのだと？」

「そうだ。いざとなったら、もとめて仕立てさせた桐生紬を裂いて我らに見せ、自分が今の亭主殺しの時に着ていて、垣根を踏み越える際、うっかり、裂いてしまったのだと、まことしやかな嘘を並べ立てるつもりだったのだろう」

「そこまでの覚悟を持てる相手とはいったい？——」

「わからぬ。田鶴代が泊まっている旅籠に立ち現れた、谷山屋の大番頭を疑ってはいるが、女将から聞いている大番頭の年齢にしては、下手人は身のこなしが機敏で足が達者すぎる」

二人は本石町《ほんこく》に差しかかった。

「もしや、尾行《つけ》られているのでは？」

烏谷が黙って頷いたその時である。

しんしん冷えるが風はない。

ないはずの風を季蔵は後方から感じた。

「お奉行、ここはわたしが。立ち止まらずに走ってください」

「わかった」

烏谷が走ると、後方の風が黒い影になって追い掛けていく。

追いついた季蔵はその影の前に立ち塞《ふさ》がった。

影のように黒く見えるのは黒装束だからである。

――忍びの者か？――

月の光の下で、小柄な相手が構えた匕首《あいくち》がぎらっと光った。

季蔵は一瞬、その光に惑わされそうになったが、心を落ち着かせ、相手の動きに合わせ、三度、四度と身を躱《かわ》した。

――匕首にも、人を襲うのにも慣れてはいない。これは忍びなどではないな――

思い切って、相手に組みついた。

――何と頼りない身体つきだろう――

躊躇《ためら》いなく、手首を捻《ひね》って匕首を落とす。

「観念しろ」

言い渡したとたん、季蔵の手首に痛みが走った。噛《か》み付かれたのである。

咄嗟に捕らえていた相手の手首を放すと、黒い影は素早く、烏谷が走って行ったのと反対の方向へと逃げ出した。

――川へ向かうつもりのようだ――

季蔵も走り出した。

――早い――

懸命に追って、距離がじりじりとは縮まっていく。

影は伊勢町堀に架けられている道浄橋を渡り、江戸橋まで来た。

季蔵が江戸橋にさしかかると、相手は橋の中ほどで止まった。

下を見下ろしていた影が、川へと身を躍らせたのと、なぜか、突然の強風が波を誘って、待ち受けていた小舟を、大きく揺らして流したのとは、ほとんど、同時であった。

翌朝、箱崎橋の袂《たもと》で若い男の土左衛門《どざえもん》が上がった。

骸は番屋に引き取られ、烏谷の命《めい》により、季蔵は田鶴代を呼びに行った。

「ああ、広助《こうすけ》さん、とうとう、こんな姿に――」

田鶴代は跪《ひざまず》いて、丁寧に手を合わせたが、泣き崩れるようなことはなかった。

「これで、やっと、あなたにも安らぎが訪れたのかもしれない」

田鶴代と広助に関わる話は、後で烏谷がしてくれた。

「広助というのは、田鶴代の一度目の亭主が飯盛《めしも》り女に産ませた子だったそうだ。広助は引き取られ、それなりに育てられたのだが、年をとってから出来た、孫のような子とあって、田鶴代の亭主は甘く、いつしか、我儘《わがまま》者で、どうしようもない道楽息子に仕上がってしまった。ところが、田鶴代が義母になってからというもの、別人になったかのように、父親に任された桐生紬の商いに精を出した。これはよかったと喜んでいると、目当ては田鶴代で、毎日のように言い寄ってきて、困り果てていた矢先、亭主がいなくなり、餓死させられて見つかった。お宝はすでに広助が盗んでいた。田鶴代はお宝と一緒に逃げて添おうという、広助から逃れるためにその家を出たのだそうだ。正直、恐ろしくてならなかったとも言う。だが、執念ぶかい広助は田鶴代の行方を探し続け、谷山屋のお内儀になっていることを知って、実の父親同様、自分の勝手な恋路に邪魔な谷山屋長右衛門を亡き者にしようとしたのだ。谷山屋が心《しん》の臓の発作を起こして死ななければ、閉じ込められたまま、餓死させられていたものと思う」

「そこまでの思いをさせられながら、よく、田鶴代さんは、庇おうとしましたね」

「広助を産んだ母親は、餓死寸前と言っていいほど痩《や》せ衰えた我が子を、犬でも捨てるかのように、高崎の店の裏木戸に捨てて行ったのだと、田鶴代は店の者たちから聞いていた。広助の身体に巣くう悪は、幼い頃、慈《いつく》しまれるべき母親に、飢えさせられたゆえだと思うと、どうしても、憎みきれなかったと田鶴代は話していた。一度は義母《おっか》さんと呼んでくれた広助が、縄を打たれる姿など、とても見ることができなかったそうだ」

そんな田鶴代が江戸を後にする日が来た。

田鶴代が旅支度を調えていると、

「間に合ってよかった」

想いのうちを打ち明けて、拒まれ、一度は甲州へ戻った谷山屋の大番頭がはるやに入ってきた。

屈《かが》み込んで田鶴代が草鞋《わらじ》の紐《ひも》を結ぶのを手伝う。

「こやつはわしが呼び寄せた」

季蔵と一緒に見送りに来ていた烏谷が、わははと笑い飛ばした。

「なかなか、面白い趣向だろう？」

「烏谷様」

田鶴代の目が潤んだ。

「おまえもここいらで幸せになれ」

烏谷の言葉に、

「あたしはいつでも幸せでございますよ」

田鶴代が泣きながら言い返す。

烏谷は大番頭の実直そうなやや長めの鼻に目を据えて、

「田鶴代を頼むぞ」

「谷山屋には戻らず、新しく出直すつもりでおります。このたびはありがとうございました」

最後に田鶴代と目を合わせた烏谷は、

「もっともっと幸せになれ。なってくれ」

叫ぶように言った。

そして、二人を見送った後、

「わしの方はただただ、ひたすら、お役目に励むぞ」

ひしと宙を睨んだ。


師走もあと残り五日となった。

「風薬饅頭、お小夜ちゃんのとこじゃ、今日も列が出来てたよ」

外から帰ってきた三吉がうれしそうに告げた。

かぼちゃ薄皮饅頭はおき玖が、人気の風薬尽くしに倣って、風薬饅頭と銘打ってはどうかと案を出し、お小夜たちがそう名づけたところ、売れに売れ始めたのである。

「冬至にいとこ煮を供えられなかった罪滅ぼし、罪滅ぼし——」

おき玖はこのところ、毎日、三吉に頼んで風薬饅頭を買って来させ、せっせと仏壇に供えている。もちろん、供えた後は自分の腹に納めるのではあったが――。

烏谷と長崎屋《ながさきや》五平《ごへい》から届け物があった。どちらも見事な塩引きの鮭《さけ》である。烏谷の方には、〝世話になった〟と一言、巨体に似合わぬ繊細な手跡の短冊が、五平の方には以下のような丁寧な謝礼の文が添えられていた。

塩梅屋季蔵様
奉行所から店を開けてもよいとの御沙汰があり、やっと目の前の霧が晴れました。ずっと闇の中に囚《とら》われているような一月で、あなたが拵えてくださった、タルタの味だけが光明でした。今更ながら、食べものの力は凄《すご》いと感じ入りました。力づけられました。感謝に堪えません。ありがとうございました。

長崎屋五平

季蔵は二尾の塩引き鮭を手早く下ろすと、

「火を熾《おこ》してくれ」

紅色の切り身を十枚ほど三吉に焼かせた。

「そんなに沢山、どうするの？」

「この師走はいろいろなことがありすぎたので、初春間近を花で祝いたくなりました」

「わかったわ、鮭の身を花に見立てての料理なのね。あたしもおとっつぁんの言葉を思い出した。おとっつぁん、鮭の身ほど綺麗な紅色はないっていうのが口癖だったわよね。鮭の身に似て、桃色とも橙ともつかない花っていうと――、そう、蓮《はす》の花にそんな色があったかもしれない。あたしに手伝えることがあったら言ってちょうだい」

「飯炊きをお願いします」

季蔵は飯が炊き上がりかけたところで、鉄鍋に菜種《なたね》油を引くと、箸《はし》で溶きほぐした卵数十個を炒《い》りつけ、皿に取っておいた。

この後、鉄鍋に付いた卵を拭い、ほぐした鮭の身と千住ねぎの微塵《みじん》切りを、菜種油で炒めた中に、炊きたての白飯と、皿に取っておいたいり卵を加えてよく混ぜる。

目にも鮮やかな炒め飯が出来上がった。

「まあ、綺麗。咲く時季の違う、菜の花と蓮の花が、一緒に咲いたみたいじゃないの。まさに年の瀬一番の眼福よ、これ」

「綺麗なだけじゃなく、美味いよ。ねぎ入りだから、風薬尽くしに入れてもいいよね。塩引きで味がしっかりついてるから、冷めてもいける」

三吉はもう、ちゃっかり味見を済ませている。

「何って名づけたらいいかな。鮭の色が蓮の花に似てるから、極楽めしかしら？」

「おいら、極楽に菜の花は咲いてねえと思うけど」

「だったら、さっき季蔵さんが言ってた初春を使って、初春めしはどう？」

相づちをもとめられた季蔵は、

「いいかもしれませんね」

穏やかに微笑んだ。

こうして、翌日から正月準備のために店を休む晦日《みそか》まで、塩梅屋の昼餉膳は、この初春めしが鶏団子うどんに代わった。

初春めしを重箱に詰めて、瑠璃の居る南茅場町へと足を向けた季蔵は、

——過ぎし日のタルタの思い出にすがるだけではなく、この味こそ、わたしと瑠璃との思い出に加えたい——

しみじみと思い、陽の光が暖かいと感じた。

〈参考文献〉

『聞き書　山梨の食事』「日本の食生活全集　19」福島義明　他編（農山漁村文化協会）
『聞き書　栃木の食事』「日本の食生活全集　9」君塚正義　他編（農山漁村文化協会）

本書は、時代小説文庫（ハルキ文庫）の書き下ろし作品です。

時代小説文庫
わ 1-19

冬《ふゆ》うどん 料理《りょうり》人《にん》季蔵《としぞう》捕物控《とりものひかえ》

著者 和《わ》田《だ》はつ子《こ》

2012年12月18日第一刷発行

発行者 角川春樹

発行所 株式会社 角川春樹事務所
〒102-0074 東京都千代田区九段南2-1-30 イタリア文化会館

電話 03(3263)5247[編集] 03(3263)5881[営業]

印刷・製本 中央精版印刷株式会社

フォーマット・デザイン＆シンボルマーク 芦澤泰偉

ISBN978-4-7584-3710-3 C0193
http://www.kadokawaharuki.co.jp/[営業]
fanmail@kadokawaharuki.co.jp[編集] ご意見・ご感想をお寄せください。

時代小説文庫

和田はつ子
雛の鮨
料理人季蔵捕物控

書き下ろし

日本橋にある料理屋「塩梅屋」の使用人・季蔵《としぞう》が、手に持つ刀を包丁に替えてから五年が過ぎた。料理人としての腕も上がってきたそんなある日、主人の長次郎が大川端に浮かんだ。奉行所は自殺ですまそうとするが、それに納得しない季蔵と長次郎の娘・おき玖は、下手人を上げる決意をするが……(「雛の鮨」)。主人の秘密が明らかにされる表題作他、江戸の四季を舞台に季蔵がさまざまな事件に立ち向かう全四篇。粋でいなせな捕物帖シリーズ、第一弾!

和田はつ子
悲桜餅《ひざくらもち》
料理人季蔵捕物控

書き下ろし

義理と人情が息づく日本橋・塩梅屋の二代目季蔵は、元武士だが、いまや料理の腕も上達し、季節ごとに、常連客たちの舌を楽しませている。が、そんな季蔵には大きな悩みがあった。命の恩人である先代の裏稼業〝隠れ者〟の仕事を正式に継ぐべきかどうか、だ。だがそんな折、季蔵の元許嫁・瑠璃が養生先で命を狙われる……。料理人季蔵が、様々な事件に立ち向かう、書き下ろしシリーズ第二弾、ますます絶好調!